# LA CASA DEL JUNCAL

## El ánima del gringo

Juvenal Ramírez Gallo

# LA CASA DEL JUNCAL

## El ánima del gringo

Novela

ISBN – 13 : 9798397107686

Sello: *Independently published*

© I. Juvenal Ramírez Gallo, 2023

Imagen de fondo: César Edmundo Ramírez R.

Primera edición

# Capítulo I

## 1

La carretera era apenas algo más que una trocha, construida a partir de un camino de herradura cuyo trazo coincidía con la orilla de una quebrada, entre algarrobos que todavía daban sombra a viajantes y caballerías. El excesivo serpenteo no le quitaba la valía de ser un buen atajo para ahorrar tiempo y gasolina, de paso al pueblo y al mercado donde entregarían la carga.

Corría el año cincuenta y seis.

Manuel, un muchacho que ya bordeaba los dieciocho años, conducía un camión Ford F6 del cincuenta y dos. Transportaba frutas y verduras cosechadas en el valle conformado por una decena de pueblos a las orillas de un riachuelo torrentoso en el verano y escaso de aguas en la primavera. El destino final era la plaza de abastos de un campamento petrolero convertido ya en un pueblo, ávido de productos frescos de la tierra.

El muchacho no tenía licencia de conducir. Era el copiloto en las carreteras del interior donde no había vigilancia policial. El chofer titular era Rufino, su tío, un fuerte, colorado y pendenciero hombre del volante, de un metro ochenta, y piel curtida por el sol; conocido por dirimir la preferencia en la vía a puñetazo limpio e incapaz de viajar como copiloto y no quedarse dormido de inmediato.

Se aproximaban al sitio que los lugareños llamaban El Ánima del Gringo. La carrocería de madera chirriaba con las sacudidas de los baches y el motor ronroneaba o chillaba según se soltara o pisara el acelerador. Este sitio no le gustaba a Manuel, había escuchado muchas historias del lugar que, prefería no pasar de noche por aquí.

Rufino, fiel a su costumbre, dormía. Manuel miró de reojo la cruz blanca clavada al lado derecho del camino, a dos metros del borde del corte de la ladera, lugar exacto que había recibido el nombre del sitio; y justo ahí la carretera hacía una curva para esquivar una inmensa roca enclavada en el cerro. La pasó rozando y luego aceleró para alejarse más rápido, en el preciso momento en que, como a veinte metros adelante, una mujer vestida toda de negro, incluyendo los complementos, con una falda vaporosa, que cambiaba de forma por el viento, sin pegarse al cuerpo, quizá por las enaguas que portaba debajo, y un talle delgado; y ajustado con un cinturón enlazado en la parte posterior mediante un inmenso lazo, tocada con un sombrero recubierto con encajes, sostenido con unas gruesas cintas atadas al mentón; y junto a ella, una maleta rectangular de madera, como un baúl, y otra en forma de un tambor porta sombreros. Las manos las tenía cubiertas con guantes hasta la mitad del brazo, y en la izquierda un maletín de mano de cuero marrón. Le levantó la mano libre en la que sostenía un pequeño parasol sin abrir, color violeta. Manuel no lo podía creer, nunca había visto a una dama con esa vestimenta, de aspecto tan distinguido y en medio de la nada. Era evidente que no era de por ahí.

Detuvo el camión, en medio del chirrido agudo de los frenos, cuyo pedal había pisado desde que la vio, como una reacción mecánica ante un peligro inminente, aunque la distancia no era corta entre el camión y la mujer. Se detuvo exactamente a su costado.

El tío Rufino se revolvió un poco en su asiento, acomodó el cojín para no golpearse la cabeza contra la carrocería debido al tambaleo y los saltos del vehículo; y cambió de posición, pero siguió durmiendo. En la parte posterior, los tres comerciantes de frutas y verduras alargaron los cuellos y se asomaron a mirar cuál era la causa por la que se habían detenido y, al igual que Manuel, quedaron muy asombrados al observar a la dama.

El sol estaba a punto de ocultarse detrás del cerro de tierra rojiza salpicada de guijarros blancos. La sombra de la mujer se alargaba varios metros, al igual que la silueta del camión.

Manuel descendió de un salto de la cabina de madera.

—¿Quiere que la lleve? —dijo solícito.

La mujer sonrió y asintió con la cabeza.

Manuel tomó el baúl y se lo alcanzó a uno de los pasajeros de atrás, luego la maletita porta sombreros; y cuando iba a tomar el maletín que sostenía la mujer, esta lo detuvo, haciéndole una señal con la mano enguantada de que lo dejara.

Manuel interpretó el gesto de la dama como un acto de desconfianza, seguramente ahí guardaba objetos de valor.

—Suba por aquí —le dijo el muchacho medio avergonzado, guiándola hacia el lado izquierdo y señalándole un estribo de fierro.

En el otro lado dormía Rufino. La mujer esquivó el timón y la palanca de velocidades y se sentó muy delicadamente entre Manuel y el tío.

—Con cuidado, no lo despierte, que es medio renegón —le dijo Manuel, bajando la voz y sonriendo con malicia.

La mujer apenas sonrió y se sentó muy recta sin tocar el respaldo del asiento. Miró a Rufino; y a Manuel le pareció que lo hacía con desconfianza.

—Él es mi tío Rufino, el dueño del camión —le dijo para tranquilizarla.

La mujer no dijo nada, pero continuó sin pegarse al respaldar.


## 2


La actitud de no pegarse al respaldar de la mujer hizo pensar al muchacho que tal vez el asiento estaba sucio, tuvo ganas de limpiarlo en ese instante, pero no se atrevió a incomodarla, se sentía intimidado por la apariencia distinguida y porque la imaginaba muy bella, no obstante que no le podía ver bien el rostro porque llevaba una ancha cinta de tela, también negra, que sujetaba al sombrero, con un lazo en el mentón al parecer para sostenerlo e impedir que se lo lleve el viento. Apenas se le veía la nariz muy perfilada, unas cejas marrones y los ojos claros con grandes pestañas negras; y un par de mechones castaños en las sienes de piel muy blanca. Le hubiera gustado observarla mejor, pero no se atrevía a mirarla de frente. Tampoco podía distraerse demasiado en camino tal irregular.

Manuel no podía calcular con exactitud la edad de la mujer, pero no parecía ser mucho mayor que él. Quería iniciar una conversación con ella de alguna manera.

—Ya va a oscurecer —dijo.

La mujer no contestó, pero volteó a mirarlo como respuesta.

Él la miró de soslayo y continuó:

—Ha sido afortunada de que hallamos tomado este camino.

La mujer tampoco contestó. El muchacho se sintió avergonzado otra vez, parecía que no quería hablar y la estaba incomodando; o a lo mejor se sentía atemorizada, así que guardó silencio. Se concentró en conducir el vehículo, despacio y con cuidado de modo que las irregularidades del camino apenas se sintieran, utilizando los frenos con prodigalidad, hasta cuando llegaron a la carretera principal; y se acercaban al primer pueblo, y ya la noche le había hecho encender las luces delanteras.

—¿Para dónde va? —dijo Manuel con determinación.

La pregunta ya no iba encaminada a lograr una conversación, si no para saber dónde tenía que detenerse para que baje.

—Para Paita —dijo lacónicamente.

—Yo voy para Talara —dijo Manuel, sin perder de vista la carretera.

El muchacho esperaba que la mujer le diga algo más, porque Paita, aún estaba muy lejos de Talara.

—¿Quiere que la lleve hasta Talara o prefiere quedarse en el siguiente pueblo donde pueda tomar un ómnibus? —insistió Manuel.

Pero la mujer no contestó.

El joven volteó ligeramente a mirarla como para darle a entender que necesitaba una respuesta.

—¡Carajo! —dijo y volvió del todo la cabeza para mirarla e inconscientemente pisó el freno tan abruptamente que los neumáticos rechinaron sobre el asfalto y un hormigueo se apoderó de su cuerpo desde los pies hasta los cabellos.

## 3

La brusca frenada despertó al tío. Se reacomodó en su asiento y miró a todos lados, como paloma silvestre, tratando de ubicarse.

—¿Dónde estamos? ¿Por qué no me has despertado?

Manuel soltó algo el pedal del freno y dejó que el camión se deslice un poco más por inercia, al mismo tiempo que lo estacionaba en la berma. Ya detenido, sin apagar el motor, tiró con energía el freno de mano, abrió la puerta con rapidez, bajó y se fue a la parte de atrás del camión, dejando que la puerta se cierre de golpe. Su tío se corrió al asiento del piloto. Creyó que Manuel le cedía su puesto de conductor, aunque le extrañó que rodee al camión por la parte trasera y no por adelante, haciendo el recorrido más largo.

—¡Hey, Patricio! —gritó Manuel.

—¡¿Qué hay?! —se escuchó una voz adormitada desde la caseta de madera del camión.

—¿La maleta de la mujer sigue ahí?

—¡No!

—¿No? ¡Puñalada! ¡¿Qué ha pasado aquí?!

El tío que no sabía nada, se preparaba para seguir y lo llamó con el claxon. Manuel corrió al asiento que antes había utilizado el tío mientras dormía.

—Has debido despertarme. Por acá ya hay más tráfico y a veces patrullas de carretera —le dijo el tío más como un comentario que como reclamo.

—Disculpa tío, pero algo muy raro ha sucedido.

—¿Qué ha pasado? —Rufino se alarmó.

Se imaginó algún daño al camión, a la carga o a los comerciantes, así en ese orden.

Manuel calló. No sabía cómo decirlo, parecía una locura, pero ya tampoco tenía alternativa.

—Cerca al Ánima del Gringo recogí a una mujer — dijo, emocionado todavía.

—¿Una mujer? ¿Y la subiste atrás?

—Claro que no. Se sentó aquí —Manuel le enseñó el lugar entre ambos.

—¿Y dónde la dejaste?

—Eso es lo extraño, tío. No la dejé en ningún sitio.

—No te entiendo.

—¡Desapareció! Venía sentada aquí y ¡desapareció! ¡Así! —Manuel chasqueó los dedos.

—¿Estás seguro, sobrino?

—Totalmente, tío. Si quieres pregúntales a los de atrás.

—Eso haré. Solo para estar seguro.

Rufino, detuvo el camión y se estacionó en la cuneta. Se bajó sin decir nada. Caminó rodeando la cabina y el parachoques delantero. La mitad de su cuerpo se iluminó cuando pasó frente a los faros encendidos del camión.

—¡Hey, Marcos! —gritó Rufino.

—¿Qué hay? — se escuchó una voz desde la caseta del camión.

—Manuel dice que, por el Ánima del Gringo, subió a una mujer, ¿ustedes la vieron?

—Sí —dijo Marcos y se dispuso a descender a la cuneta por medio de una escalera de fierro por el lado derecho.

—¿Y dónde está?

—Yo qué sé. Pregúntale a Manuel. Su equipaje tampoco está, no me he dado cuenta cuándo lo bajaron. ¿Manuel no sabe? —dijo Marcos al tiempo que se alejaba para orinar.

—No, pues. Por eso estoy preguntando si la maleta de la mujer sigue ahí —dijo Manuel.

Patricio y el otro hombre de la caseta se asomaron. Uno de ellos dijo.

—Aquí no hay nada.

—Ni acá hay ninguna mujer —dijo Rufino.

—Pero yo la vi cuando subió, y yo mismo recibí un baúl y una maleta redonda —dijo Patricio.

—¡Carajo, creo que ha sido el fantasma! —dijo el tío y se apresuró a subir y arrancar el vehículo.

—¿Él fantasma, dices? —dijo Manuel, que había imitado al tío corriendo a subirse a la cabina del camión, pero en el lado del copiloto.

—Sí, el fantasma de la mujer viajera.

# Capítulo II

Manuel ya había oído antes la historia de la mujer fantasma. El mismo Rufino se la había contado; pero no la creyó. Su tío le había narrado otra media docena de cuentos parecidos. Más le parecían inventos para vencer al tedio y asustar a los miedosos. Pero ahora, lo creía todo; y averiguando aquí y allá se enteró de parte de la vida de los que vivieron en la casa, ahora abandonada, ubicada ahí en la colina, al frente de la cruz que marcaba el sitio exacto del Ánima del Gringo.

Manuel concluyó que todo lo que sucediera por ahí estaba relacionado. La aparición de la mujer de negro, el carro fantasma y las penas en la cruz del gringo.

No alcanzó a conocer toda la verdad, pero hizo de su búsqueda algo personal. Lo que conoció en ese tiempo se podía resumir en lo siguiente:

La cruz plantada en la curva que llamaban El Ánima del Gringo, la pusieron allí para indicar el lugar donde murió un extranjero, supuestamente un gringo, que se mató conduciendo un automóvil o una camioneta, cuando iba detrás de su esposa que lo abandonaba. El accidentado era uno de los dueños de la casona construida en la colina. La casa ahora en mal estado había sido de una gran belleza, con un estilo no propio del lugar, europeo decían, como aún podía verse en las ruinas. Que allí se hacían fiestas muy divertidas, muy bebidas y cantadas con acompañamiento de un melodioso piano tocado por la esposa del gringo, contrastando con el silencio del bosque donde solo se escuchaba el ulular del viento entre las ramas de los árboles, los cantos de las aves silvestres y el ganado de Demetrio el vecino más próximo.

La mansión fantasma, como también se le conocía, se había mantenido en pie por muchos años, sin dueño, sin habitante conocido, a no ser, según algunos, por un par de fantasmas que la habitaban, que apartaron por un tiempo a los intrusos, hasta que estos, sin romper ningún hechizo se apoderaron de lo que consideraron valioso y dejándole el resto a la naturaleza y la intemperie.

Pocos lugareños sabían dar razón sobre quién o quiénes la habían construido y habitado, y por qué fue abandonada; únicamente Ambrosia y Eloy, hijos de Demetrio, el primer vecino de la casa. Eloy conoció muy bien a los primeros dueños, porque siendo niño, estuvo allí ayudando a su padre que les labró los postes para la cerca y excavando la tierra para plantarlos; y luego de jornalero en la huerta. Al parecer sabía más, pero no le gustaba hablar de aquello. Lo mismo se podría decir de Ambrosia, la esposa de Faustino, de este último Manuel supo algo más.

Le contó que el coche fantasma era cierto, se veían venir la luz de dos faros avanzando en sentido contrario que hacía que los que no sabían del fantasma y eran prudentes, se orillen para darle paso, porque la carretera

era angosta, pero los faros y el carro al que supuestamente pertenecían nunca terminaban de pasar.

También que la casa había sido construida por el año treinta y cuatro por el gringo y su amigo también gringo. Que la mujer había llegado después. Que el terreno donde estaba levantada se llamaba El Juncal y pertenecía a la hacienda de don Amaro Láinez, y que este les alquiló poco menos de diez hectáreas, desde donde está la casa hasta la carretera.

De las averiguaciones Manuel confirmó que el accidente del gringo y el carro fantasma estaban relacionados, pero no estaba seguro de cómo se relacionaba el fantasma de la mujer con el resto.

# Capítulo III

## 1

La verdad que creyó haber descubierto Manuel, apenas si rosaba la cáscara de la historia completa.

Era verdad que los que la construyeron fueron extranjeros, que habían venido de los Estados Unidos, de un pueblo del condado de Nueces en Texas. Uno de ellos, el esposo, el del accidente, obedecía al nombre de Livio Austin; el otro, el amigo, se llamó John Cluster, y la esposa del primero, Isabel Austin (Store, de soltera). Livio había sido hijo de padre estadounidense y de madre mexicana; mientras que los padres tanto de John como de Isabel eran estadounidenses. En la época en que los amigos se vinieron a Perú, el padre de Livio era dueño de una ferretería, en la que trabajaba su hijo mayor, Frank. El padre de John había sido policía y luego conductor de su propio camión, mientras que los de Isabel eran maestros ambos.

La vida de los tres amigos había estado unida desde siempre. Habían estudiados juntos, hasta que John y Livio se alistaron en el ejército, coincidiendo con el inicio de la Gran Depresión que afectó a los Estados Unidos. Al salir de baja terminaron sus estudios, que habían iniciado estando en el servicio, en un *community college* de su condado que los convirtió en topógrafos. Livio era el deportista, el chico simpatía. John, era lo contrario, de contextura débil, de rostro inteligente, algo huraño. Los muchachos formaban una buena dupla, a pesar de las diferencias, de modo que nadie se metía con John y ambos sacaban buenas notas. Junto con ellos crecía Isabel y a veces en medio de los dos.

Otras diferencias físicas eran más evidentes. John era rubio y de ojos azules claros; Livio, tenía cabello negro y ojos pardos.

Al egresar del *college* no consiguieron trabajo de inmediato debido a la Gran Depresión. Livio se refugió en el negocio de su padre que hacía esfuerzos para salvarlo; John y su padre sobrevivía como podía en su negocio de transporte de carga; sin embargo, los padres de Isabel no vieron mermados significativamente sus ingresos en su trabajo como maestros.

Tres meses después y con varios intentos por conseguir un trabajo, John le habló a su amigo de que estaban contratando para una empresa petrolera en Sudamérica y pagaban un buen sueldo.

—Te vendría muy bien hacer un poco de dinero para cuando te cases —le dijo John a su amigo.

—No quiero alejarme. No soy aventurero.

—¿Cómo puedes decir eso después de ser soldado y deportista?

—Ser soldado no fue mi decisión y el deporte no es inseguro.

—Entonces hazlo para impresionar a Isabel.

—Soy hijo de ferretero y eso ella siempre lo ha sabido.

—¿Y por qué has estudiado lo que has estudiado?

—Es una profesión, no un boleto para una aventura.

—Entonces hazlo para acompañarme.

—¿Tú vas a ir?

—¡Claro! ¿No te lo había dicho?

—No recuerdo. En todo caso no sé lo que opinará Isabel.

—No te preocupes que yo hablo con ella. Reconocerá que estando joven es el mejor momento para arriesgarse.

—Si la convences, nos enrolamos.

—Creo que no debemos esperar a convencerla para enrolarnos, la oportunidad se nos puede evaporar —dijo John, para acelerar las cosas.


## 2


Se inscribieron. Isabel no estuvo inicialmente de acuerdo, sin embargo, cambió de opinión cuando John, le dijo que él también viajaría; y Livio le hizo ver que, siendo todavía muy jóvenes para casarse, aprovecharían el tiempo para asegurar su futuro juntos. Quedarse donde estaban sería tiempo perdido.

Los amigos hablaban español bastante bien, gracias a la madre de Livio, pero de todos modos se matricularon en un curso avanzado como preparación para el viaje. Simultáneamente la empresa contratista los hizo seguir una especie de pasantía en otra destinada a la prospección y perforación de pozos petroleros.

Seis meses después ya estaban listos para partir a su nuevo destino y fue cuando John se echó para atrás. Él no viajaría a Sudamérica.

—No puedo acompañarte —le dijo a Livio, faltando una semana para el viaje.

—Pero si el que te acompañaba era yo.

—Mira, Livio, tu camino está recto y parejo. Tu padre, y ahora tu hermano Frank, tiene un trabajo seguro. Tú te casarás pronto. Para ti es como un recreo antes de casarte.

—No te entiendo, a qué viene todo eso. Además, hemos firmado un contrato y ya la empresa lo ha dispuesto todo.

—Lo siento, no puedo. Tengo dos hermanas y un padre cuyo trabajo es peligroso, me necesitarán si algo le pasara.

—¿Dónde quedó el John que me aconsejaba aprovechar la juventud? El que decía que mi vida era una novela sin emociones, como viajar por una carretera vacía.

Dicho esto, Livio le dio la espalda y se fue sin responder el llamado de su amigo. Era la primera vez que se separaban como enemigos.

Todo se resolvió sin embargo con la intervención de Isabel. Ella creía en la palabra empeñada, aunque su cumplimiento sea doloroso, esta idea le venía de sus padres que consideraban un deshonor no hacerlo. Lo conminó a John a cumplir la suya para que vaya con Livio si no era por su honor, lo hiciera como un favor personal a ella, que se sentiría más tranquila sabiendo que su futuro esposo viajaba acompañado. Y para terminarlo de convencer le encargó informarle sobre el comportamiento de Livio lejos de ella. A John siempre le había agradado que Isabel le deba favores.

# Capítulo IV

## 1

Los amigos se reconciliaron y entraron a Perú, un cuatro de abril de 1933, por el antiguo puerto de Paita, luego de un viaje de veintidós días en el vapor Santa Inés y de allí al campamento petrolero, ya convertido en pueblo, de Talara. Los pusieron en el mismo grupo de exploración y a John bajo las órdenes de Livio, por alguna razón que ambos no sabían.

El año treinta y dos había sido muy lluvioso y el actual, sin alcanzar los mismos niveles, había traído lluvias suficientes para hacer que los cerros y llanos se cubran de hierbas silvestres y los árboles de hojas de un verde intenso tejiendo un paisaje que les pareció hermoso, lo que los impresionó positivamente. Les gustó tanto que decidieron alquilar un terreno para hacerse una casa lejos del campamento. El lugar escogido fue una colina ubicada en un sitio llamado Juncal, dentro de los límites de la hacienda Faical. Conocieron el lugar mientras cumplían su trabajo de prospección. Se adentraron alejándose de la costa siguiendo una trocha construida a partir de un camino de arrieros por donde lo único que circulaba era un camión que transportaba madera. El dueño de la hacienda era don Amaro Laínez. Su familia poseía la propiedad desde dos generaciones atrás. Don Amaro, no era el único dueño, compartía la titularidad con dos hermanas, que vivían en un pueblo más al sur, pero él era el administrador. Había crecido en la hacienda y trabajado en ella codo a codo con sus empleados. Medía casi un metro ochenta, te tez quemada por el sol, delgado pero fuerte y muy erguido. Para convencer a sus potenciales inquilinos les habló del manantial que brotaba de un jaguay que nunca se secaba, lo que les aseguraba agua durante todo el tiempo, incluidos los periodos de sequía, frecuentes cada tres o cuatro años. Sin embargo, cuando llegó el día de la demarcación les puso una condición.

—El manantial no es parte del trato.

Y al decirlo se alisaba un bigote recortado y que ya empezaba a volverse gris. Los miraba a uno y a otro como esperando la reacción.

—¿Por qué? —dijo John.

—Porque no se puede cercar. El agua es libre. Lo mismo que el árbol que está allá —don Amaro señaló hacia la colina.

—¿Qué hay con él? —dijo Livio.

—Tampoco se puede cercar, porque también es libre.

—¿Un árbol? —volvió a preguntar Livio.

—Es que no es únicamente un árbol —dijo don Amaro, riendo de buena gana, haciendo que el ala de su sombrero de paja se agitara al ritmo de la risa.

—¿Qué tiene de especial? —dijo Livio, sonriendo y frunciendo el ceño, denotando incredulidad.

—Que sirve para curar.

—¿Qué cura? —Volvió a hablar Livio.

—No lo sé con exactitud, pero me parece que algo de la sangre, del corazón o del estómago. Eso lo saben los curanderos. Por eso no se debe cercar, porque ellos lo necesitan y porque es una promesa que le hice a mi padre y que él le hizo al suyo. Nadie se debe adueñar de ese árbol.

—O sea que ahí tendríamos que desviar nuestra cerca para que el árbol quede afuera —intervino John.

—Así es. A menos que dejen entrar a los curanderos que vengan a abastecerse de semillas.

—¿Semillas? —dijo Livio.

—Así es, a mediados de año.

—Ya entiendo. ¿Pero no pueden obtener las semillas de otro árbol? —volvió a hablar Livio.

—Desde luego que sí. Es un árbol típico de esta zona. Pero sucede que en mi hacienda es el único.

—En su hacienda, pero hay en otros sitios, aunque tampoco veo que sea un problema que venga un curandero a abastecerse de sus semillas, ¿no es así Livio? —dijo John.

—No. Claro que no.

—Solo para que no se piense que es un capricho mío. Lo que pasa que este curandero es el hijo de aquel a quien mi padre le prometió que siempre tendría a ese árbol para recoger semillas y yo se lo prometí a mi padre, jamás cortarlo y dejarlo libre. Seguramente a ustedes les parecerá una tontería, pero así son las cosas por aquí.

—Entendemos. No hay problema —dijo John.

—Sí. Ok. Así nos ahorramos algo de cerca —agregó Livio.

—Entonces, todo resuelto —dijo don Amaro satisfecho, levantándose el sombrero para alisarse el cabello semi cano—. Ahora vallamos a demarcar los linderos.

## 2

Caminaron colina arriba y en lo que sería la esquina del terreno alquilado, don Amaro juntó unas piedras.

—Hasta aquí llega esta primera línea. Ahora sigamos.

Siguieron hacia el sur y al pasar frente al árbol, don Amaro se detuvo para preguntar:

—¿Han pensado levantar una casa?

—Por supuesto, ese es el principal objetivo —dijo John—. ¿Hay algún problema por eso?

—No, no, ninguno. ¿Y ya saben dónde?

—Aquí mismo al costado de este importante árbol, al mismo tiempo que lo cuidamos —volvió a hablar John

—Eso me imaginé y por lo mismo debo advertirle que este árbol tan útil a las personas tiene un pequeño problema.

—¿Problema? —dijeron al unísono los amigos.

—Me expresé mal, una propiedad. A la gente de por aquí no les molesta, pero tal vez a ustedes sí, si decidieran hacer su casa al costado.

—Bueno si a ustedes no les incomoda a nosotros tampoco, pero ¿cuál es esa propiedad?

—Es muy oloroso.

—¿Oloroso, nada más?

—Las veinticuatro horas del día y en las noches más.

—¿El olor es desagradable?

—No, me refería a la persistencia. En todo caso acerquémonos para que lo comprueben.

Llegaron hasta el tallo mismo del árbol.

—¿Sienten el olor?

—Sí —dijo Livio tocando el tallo del árbol.

—Yo también y no me desagrada. En todo caso después de un tiempo uno se acostumbra.

—Entonces todo estará bien. El olor se incrementa un poco si se le hace un pequeño corte por donde bota una resina —dijo don Amaro, al tiempo que con una navaja que sacó de su bolsillo del pantalón hizo un pequeño corte.

Los jóvenes se acercaron y pusieron los dedos en el corte y luego se los llevaron a la nariz.

—Ahora si se siente más —dijo John— pero tampoco es tanto, conque hagamos la casa un poco más allá, creo que es suficiente.

Livio movió la cabeza dando a notar de que estaba de acuerdo, mientras no paraba de olerse los dedos, luego dijo:

—Muy interesante árbol. ¿Tiene un nombre?

—Palo santo.

—Ah, este es el palo santo —dijo John.

—¿Para qué dice que lo usan? —preguntó Livio.

—La madera se usa para alumbrar, para encender fuego o para limpiar las casas. Las semillas, no lo sé con exactitud, me imagino que será parte de algún brebaje, pero si quieren saber más pregúntele a Obdulio, cuando venga a recoger su porción del año.

—¿Quién es Obdulio? —preguntó Livio.

—Un curandero.

—¿Un brujo? —dijo John.

—Así les dicen algunos y también chamán. Pero, sigamos.

A continuación, don Amaro marcó, amontonando dos o tres piedras, las tres esquinas restantes con las últimas dos al borde de la carretera dejando dentro del terreno una porción del cauce de la quebrada.

—Bien, caballeros. Es todo suyo. Bienvenidos al Juncal.

Don Amaro les estrechó las manos y se marchó haciéndoles una venia con el sombrero.

Los amigos se miraron, se abrazaron y se rieron en voz alta.

—¡Al fin solos!, como dicen los recién casados —dijo John, lanzando al aire su gorra de béisbol.

—¿Y ahora?

—Ahora toca definir dónde estará la huerta, la casa y esas cosas.

—¿Ahora?

—Tengo algunas ideas. Por ejemplo: allá en la falda, la huerta, porque ahí hay menos árboles, apenas algunos arbustos y hierbas; allá en la parte baja, al borde de la quebrada, esos frondosos algarrobos, no hay que tocarlos, se quedan ahí. Esos otros árboles allá en la parte alta, también se quedan.

Los árboles a los que se refería John eran un par de almendros, varios charanes, hualtacos y guayacanes.

—¿Y la casa?

—Ya lo vimos, al costado del palo santo.

—¡En qué nos estaremos metiendo!

# Capítulo V

John temía que su amigo se echara para atrás en cualquier momento, por eso apresuró el inicio de la construcción de la cerca. La primera semana de descanso que tuvo, después que don Amaro les ubicó los hitos de los linderos, la empleó en marcar y escarbar los huecos para los postes. Livio lo ayudaba cuando quería, pero prefería dedicarse a actividades menos sudorosas, como él decía, sean estas instalar la carpa, encender las lámparas o preparar el refrigerio.

El sábado de la primera semana, mientras Livio se fue al pueblo por el alambre de púas, John siguió con su tarea de la cerca.

—Disculpe señor —escuchó decir a alguien a sus espaldas.

Era Demetrio con un hombre al que John no lo había visto antes.

No los había escuchado venir.

—Buenos días, señor —respondió John con ese acento norteamericano, que les resultaba tan gracioso a sus compañeros peruanos en la empresa petrolera.

—Le presento a Obdulio —dijo Demetrio.

—Ah. Mucho gusto. Creí que me traía más postes.

—Buenos días, Señor —dijo Obdulio.

—Buenos días, señor —dijo John, repitiendo la frase de Obdulio sin proponérselo.

—Hablé con don Amaro, para abastecerme de semillitas.

—Ah, sí. No hay problema. Tampoco la cerca llega por allí todavía.

—De todos modos, don Amaro me dijo que le pida permiso.

—No hay problema, pase nomás.

—Muchas gracias, señor.

—El lunes le entrego más postes —dijo al fin Demetrio, que no había querido interrumpir las presentaciones de Obdulio y John, y empezó a caminar al lado del curandero. Siguieron el camino hacia la colina y voltearon a la derecha hacia el árbol. John los siguió. Los hombres voltearon a mirarlo. John no pudo descifrar si con fastidio o con sorpresa. Por eso se apresuró a decir:

—Disculpen que vaya con ustedes, pero quiero saber lo de las semillas.

Llegaron hasta el árbol.

Obdulio empezó a recoger del suelo las semillas y las fue depositando en una especie de ollita de barro cocido, luego se estiró y sacudió una rama y una lluvia de semilla cayó al suelo, las recogió.

—Muchas gracias, señor. Con esto tengo para una buena temporada —dijo el curandero al tiempo que empezó a inspeccionar el tronco de donde fue sacando pequeños granos de resina color caramelo y las colocó en una bolsita de cuero.

—Listo. Es todo.

—¿Y para qué las quiere? —preguntó John.

—Ah, esto es muy bueno para varias enfermedades de la circulación y el corazón, también para la pena y esas cosas.

—Muy interesante, a mí siempre me ha gustado la naturaleza porque creo que allí está la cura para muchos de nuestros males.

—Pero también puede dañar.

—¿A qué se refiere?

—Que, así como se usan las plantas para curar, también se pueden usar para dañar —dijo Obdulio con mucha seguridad.

—¿Este árbol se puede usar para dañar?

—No este, pero otros sí. Por ejemplo, ahí en el jaguay que está allá más abajo hay una planta peligrosa.

—¿Aquí en el manantial del costado? ¿qué planta es esa?

—Esa de flor blanca como campana.

—Ah, ya me parecía. En México le llaman Toloache.

—¿Toloache? Acá también tiene otros nombres como nariz del diablo, trompeta de bruja, flauta de ángel y los más conocidos de chamico y floripondio.

—Del toloache me contaron varias historias. Dicen que es para amansar a los bravos, pero ¿es cierto, todo lo que cuentan?

—No sé qué le habrán contado, pero sí es una planta peligrosa, hay que saber usarla. Pero la de México tengo entendido que es más suave que la que hay por acá, esta es usada por las brujas para volar. Las plantas se diferencian por el fruto, el de acá es espinoso como la higuerilla, mientras que el de la de México creo que es liso.

—¿Peligrosa, en qué sentido?

—En el sentido de que suele ser usada para el engaño y a veces eso termina muy mal.

—Sí es, o se parece al toloache, tengo entendido que anula la voluntad, me imagino que por eso es usada para el engaño, como usted dice.

—Anula la voluntad y la persona se vuelve incapaz de oponerse. En el caso de la mujer infiel, cuando le da floripondio a su marido este se vuelve tonto de remate, cree todo lo que le dice. Quiero decir que pueden ser engañados en su cara pelada y no darse cuenta, a esto algunos le llaman de manera incorrecta a mi entender, el mal de amor

—Ya, yo conocí algo parecido en México. Decían como usted ha dicho, que le anula la voluntad, que se vuelve como una máquina en las manos de la persona que la maneja.

—Es que la bebida preparada con el floripondio, yo prefiero llamarla así porque no me gusta la palabra chamico, actúa sobre el cerebro y todos no lo tienen igual, entonces los afecta de manera distinta y gente que solo de oídas conocen sus efectos se aventuran a usarla sin tener en cuenta la cantidad y la parte de la planta que se usa, ocasionando demencia que tarda en curarse, cuando se cura; y a veces hasta la muerte.

—¿Locura y muerte? No sabía eso. Debe ser que la planta de acá es más fuerte.

—La gente no sabe que lo más seguro es usar las flores, no más de una por día y lo más peligroso son las semillas, cinco de ellas pueden producir alucinaciones terribles y unas veinte hacer que el corazón se detenga.

—Y en el caso de las flores, ¿cuántas ya son mortales?

—Unas cuarenta por lo menos.

—Me dice que a todos no los afecta igual.

—En pequeña dosis, digamos media flor por día, no daña a nadie, pero el efecto es menos intenso. Más de eso puede causar alucinaciones, delirio de persecución, pero no a todos como ya le dije.

—¿También se pueden volver agresivos?

—No. Al contrario, se vuelven muy mansos, pero sí pueden hacerse daño o hacer daño a alguien al querer huir o defenderse en sus alucinaciones, confundir a alguien con un monstruo, por ejemplo, lo puede empujar para huir. Produce cambios en la mente que ya no conecta con la realidad, no es locura, sino tontera, elimina la malicia y hasta se es incapaz de mentir, por eso algunos utilizan la planta para preguntar.

—Como un suero de la verdad.

—Seguro, también eso debe ser. Ah, también le llaman la droga del violador.

—¿Y es verdad que la usan las mujeres con sus maridos?

—Sí. Y no solo las mujeres, cualquier persona que quiera obtener algo de otra, o convertirlo en esclavo.

—¿Tanto así?

—Por eso digo que es peligrosa, a pesar de su aspecto inofensivo, que algunos las plantan como adornos en sus jardines.

—¿Usted sabe hacer preparados con esa planta?

—Sí las sé preparar, pero yo no lo hago.

—Muchas gracias don Obdulio.

—Para servirlo. ¿Y por qué le interesa tanto?

—Por cultura general. Solo por eso.

Demetrio, que había permanecido callado, se disculpó para alejarse, tenía qué hacer.

—Nos vamos por ahí —le dijo Obdulio.

Demetrio no dijo nada solo movió la cabeza en señal de aceptación.

—Entonces hasta algún día —dijo Obdulio extendiéndole la mano a John.

—Hasta cuándo usted quiera —dijo John.

Demetrio únicamente se tocó el ala del sombrero a manera de despedida y tomó el camino de ascenso, que lo llevaría a su casa, delante de Obdulio. John no alcanzaba a ver la casa desde donde estaba «Uf, estos campesinos parecen mexicanos, son igual en todas partes» se dijo al ver a los hombres alejarse, vestidos ambos con pantalón y camisa de dril blanco, como uniformados. Demetrio caminaba despacio pisando con cuidado con sus pies descalzos, mientras que Obdulio calzaba unos gruesos zapatos de soldado.

# Capítulo VI

## 1

Según la distribución del terreno, que a vuelo de pájaro hicieron los amigos, las dos terceras partes seguiría siendo eriazo, donde las hierbas y los arbustos silvestres cubrirían de verde la tierra rojiza cuando lleguen las lluvias del verano y de amarillo pálido, al final del otoño, cuando los árboles pacientemente se desvestirían de sus hojas como quien se quita un vestido hecho jirones.

El terreno no era plano, pero no vieron problema en ello.

—Sembraremos vides —dijo John, cuando les tocó decirse por los cultivos.

—¿Vides? ¿para no verlas cargar?

—Tal vez sí, tal vez no, pero nos daremos el gusto y tal vez un día beberemos vino sentados en el porche de nuestra casa, mirando ponerse el sol e imaginándonos el mar.

—Estás loco, amigo. Pero si quieres perder tu tiempo hazlo.

—Lo haré. Ya encargué sarmientos de California. Será lo primero, aunque no se termine la cerca.

A Livio le resultaba un sin sentido, pero no se opuso y participó alegremente de lo que llamó las locuras de su amigo, aunque esto le significaría fatigosas jornadas cargando agua en latas desde el manantial.

—¡Qué locura! —se quejaba Livio.

—Ya te sentirás orgulloso cuando venga Isabel.

—Isabel no va a venir y estas plantas necesitan como cuatro años para producir uvas y ya no estaremos por aquí después de tres, a menos que hayas pensado quedarte.

—Nunca se sabe, amigo, nunca se sabe.

—Que Isabel venga a mi encuentro jamás ha sido tratado, ni entre nosotros, ni mucho menos con Isabel; y el nunca se sabe, no funciona con ella.

—Déjame hacer, que yo sé lo que hago.

—Te dejo hacer, por supuesto, quién soy yo para oponerme al gran John. Capaz de corregir las tramas de novelas de misterio, mejorándolas, escritas por autores consagrados.

—¿Te acuerdas? Les faltaba imaginación a esos escritores.

—¿Y por qué no escribes tu propia novela?

—Tal vez ya lo estoy haciendo. Así es el misterio, ¿no?

La casa del Juncal como la llamaron fue diseñada por John. Sus colegas no entendían su necesidad, desde que todos vivían en casas construidas especialmente para ellos en los campamentos y sin tener que viajar hasta más de cincuenta o sesenta kilómetros para llegar. Como solteros, no les daban una casa, pero sí una habitación en un edifico para trabajadores extranjeros. La empresa en general prefería que su personal se establezca en el campamento mismo, por cuestiones de emergencia y seguridad, especialmente el personal de producción de la refinería, pero a ellos, por ser prospectores, les aceptaron que se alejaran en sus días de descanso. Los amigos hacían guardias de doce horas lo que les daba derecho a descansar una semana completa cada medio mes, lo que aprovechaban para retirarse a la casa del Juncal, la que, en su ausencia, se la encargaban a Demetrio y por medio de este a su hijo Eloy que limpiaba y hacía las veces de hortelano o avanzaba en la construcción.

Antes de que llegara la primavera tuvieron su primera decepción, el agua que brotaba del manantial había disminuido ostensiblemente. No lo habían percibido antes porque ese año había sido muy lluvioso y el paisaje estaba pleno de vida y verdor, algo imposible de imaginar ahora. El arroyuelo seco nacía en dos lagunas, la una cercada para preservar su limpieza, de donde obtenían agua los pocos habitantes de la hacienda; y la otra, unos metros más abajo, abierta a los animales en medio de un borde de barro, donde los cerdos se echaban a sus anchas y las vacas lo amasaban mezclando orines y excrementos, obligando a los otros animales más escrupulosos a penetrar en la laguna para beber.

Los amigos se dieron cuenta que eso no era suficiente si querían conservar la huerta que ya habían plantado, así que decidieron poner cura a esa situación construyendo una represa en la quebrada, para retener el agua de las lluvias y usarla en los meses de sequía.

Un rápido cálculo de las dimensiones de la laguna que se formaría les permitió asegurarse que tendrían el agua suficiente para cuatro años sin lluvias. Además, la laguna sería un atractivo más. Se imaginaron un muellecito de madera y un botecito pintado de amarillo, sobre el que darían vueltas en la superficie tocando una guitarra, como en una góndola veneciana.


## 2


La casa al fin fue tomando forma emergiendo como barco en el horizonte de entre un mar de maderas y ladrillos. De dos plantas, un ático con techo a dos aguas y ocupando toda la fachada, un porche con balaustrada y columnas de madera pintada de blanco, igual que los pasamanos de la escalinata de cuatro escalones que subía desde el suelo. El techo del porche estaba construido de tablas machimbradas y sobre ellas planchas rojas de calamina.

En la parte más alta, el ático, bajo el vértice del techo, como mirador a través de una ventana de marco blanco y dos hojas con vidrios, con otras tres ventanas, hacia el norte, el sur y el este, protegidas de la lluvia y del sol con pequeños alares de tejas rojas de arcilla.

Todas las ventanas tenían marcos de madera pintada de blanco y vidrios. Los pisos, todos de madera a excepción de los baños, que eran de cerámica. Los techos, menos el del porche, estaban cubiertos de unas tejas rojas que ellos mismo fabricaron.

En la parte posterior, un pórtico que daba acceso al comedor y a una pequeña habitación para las visitas que se convertiría luego en el cuarto de John.

Los baños eran la única parte de la casa construida exclusivamente con ladrillos, en dos columnas uno encima del otro. En el primer piso, el de visita y el de la habitación de John; en el segundo piso, uno en el dormitorio principal y el otro para las otras habitaciones.

Al entrar a la casa el visitante se encontraba con un vestíbulo, con una escalera en la mano derecha que llevaba al segundo piso y sobre la mano izquierda el gran salón con sus ventanas grandes desde donde se veía el estacionamiento delantero y la trocha que llegaba desde la carretera; y hacia el fondo, el comedor y la cocina. Subiendo por la escalera, el segundo piso con una salita de estar, el dormitorio matrimonial y dos más pequeños, y la escalera al ático, que al inicio solo se utilizaba como un mirador hacia el oeste, la carretera y la laguna con su muellecito.

El espacio entre el suelo y la base del primer piso fue tapiado con ladrillos rojos para evitar que los animales hagan ahí su madriguera.

Delante de la casa, en el suelo, desde la escalinata, nacían tres veredas de ladrillos. La de la derecha iba hasta la puerta de la cerca, la de la izquierda bordeaba el árbol de palo santo y llegaba hasta el horno de panadería; y el del centro en línea recta hasta una terraza donde se estacionarían los coches, con una especie de malecón como muro de contención. Todo el contorno de la casa fue convertido en jardín.

La huerta con terrazas y senderos recibió la siembra de árboles frutales, regada gracias a un sofisticado sistema de abastecimiento de agua que incluía un molino de viento, una bomba con las iniciales de la empresa y un tanque elevado en los posteriores de la casa y toda la red de tuberías y mangueras.

Para completar el cuadro, compraron una vaca lechera que ya vino preñada y pronto les dio un ternero; también cuatro cabras y cuatro carneros. El pago de estos animales como todo lo demás era a medias.

# Capítulo VII

## 1

Corrían los últimos días de la primavera del treinta y cinco cuando la casa al fin quedó terminada. Las lluvias del próximo verano se anunciaban con unas espesas nubes que llegaban del oeste, un calor sofocante y un incómodo aire húmedo que impedía que el sudor se secara, manteniendo la sensación de estar mojado siempre.

El verdadero artífice de la construcción de la casa del Juncal fue John. Desde que convenció a su amigo de alquilar la tierra, bajo el argumento de que era bueno para respirar la paz del campo en lugar de los olores de la refinería; y para escapar del calor asfixiante del desierto donde estaba el campamento; a pesar que Livio era consciente de que no había venido a disfrutar de nada, tan solo a trabajar fuerte y reunir dinero suficiente para volver en tres años a Texas y casarse con Isabel; y a veces, cuando pensaba en ella, le entraba una suerte de tristeza y arrepentimiento, que John se encargaba de disipar.

—Míralo como una inversión —le decía— Cuando te vayas, te compro tu parte y listo. Además, ¿te imaginas lo contenta que se pondrá Isabel si la traes en viaje de bodas a este paraíso?

—O sea que has planeado quedarte.

—Es una forma de decir algo. Solo quiero confirmarte que tu parte no está perdida.

—¿Y qué dirá Isabel cuando se entere que he hecho planes por mi cuenta, que podrían comprometer nuestro futuro?

—¡El futuro!

—Así es, el futuro.

—Amigo, la vida se vive cada día. Lo que se hará mañana, se hará cuando el día llegue y si no llega, se acabó, no hay vuelta atrás. Cuando hablemos del futuro, aunque sea del día siguiente,  lo deberíamos hacer siempre en condicional.

—Tú lo has dicho, si el día siguiente no llegara, entonces todo se acabaría, ya nada tendría sentido ni el camino que nos trajo aquí. Pero si el día siguiente llega, el camino seguido delatará las intenciones y mis intenciones son vivir junto a Isabel.

—Te preocupas demasiado.

—¿Tú crees que quiera venir?

—Si se lo pides, vendrá, estoy seguro.

A Livio también le atraía la idea de que Isabel acepte venir a Sudamérica, porque se había acostumbrado a su rutina y porque esperaba su aprobación de todo lo que había hecho, y en qué se había gastado parte del dinero, especialmente esto,  que hacía que se sintiera como traidor de su promesa. Pero la culpa desaparecería si ella venía y lo aprobaba, de lo contrario, solo esperaba que John cumpla su palabra y le pague lo invertido, para sentirse menos culpable.

—Tranquilo amigo. Yo sé que Isabel estará de acuerdo. La conozco mejor que tú. Por algo no hemos crecido juntos. Además, yo soy el observador, ¿te acuerdas?, mientras que tú eras el observado.


## 2


John no había superado la rabia que le causó enterarse de que Isabel y Livio se habían comprometido. Estaba convencido que este se la ganó por puesta de mano. Aunque, esto no le impedía reconocer que, en parte la culpa había sido de él mismo, por haber esperado demasiado; y justo en la noche que había decidido hacerlo, Livio se la robó del baile. Ahora ya no podía hacer nada sin parecer un traidor, un mal amigo, porque Isabel no perdonaba eso. También estaba convencido de que, si se llegaran a casar, cometerían un error y era su deber evitar esa unión, para evitarle las penas a Isabel. Entendía también que no se podía interponer de manera ostensible y que deberían ser ellos los que decidan separarse, él únicamente les facilitaría ese paso.

John siempre había tratado de darle a entender a Isabel que, de los dos, él era quien más la quería. Cuando los tres compartieron estudios, Isabel, era la disciplinada del grupo, John el genio y Livio el popular, estudiaban juntos en la casa de la joven, quien solía burlarse de la lentitud para entender de Livio y al mismo tiempo le dedicaba más tiempo en explicaciones; y alabada la inteligencia de John, a quien por esto le pareció más que evidente que era el preferido. No podía estar más equivocado, la joven le prestaba más atención a Livio bajo el paraguas de que necesitaba más ayuda, pero en el fondo era porque quería estar más cerca de él.

John creyó confirmarse su creencia de que Isabel lo prefiera sobre Livio cuando para asistir a la fiesta de fin de estudios, lo eligió a él como pareja. Esa noche, sin embargo, ya en la fiesta se juntaron adentro y cambiaron de parejas, por idea de Isabel, sin consultarlo con John, justo en la noche cuando le declararía su amor. Esto lo molestó sobremanera, sin embargo, se cuidó de expresar su desagrado y no darle una razón a Livio para burlarse y a Isabel para regañarlo. Esa misma noche, Livio e Isabel abandonaron la fiesta antes del final. John que no los perdía de vista, los vio alejarse por el jardín de la casa hasta cruzar la reja que los puso en la calle y luego perderse de vista bajo la luz amarillenta de los faroles del alumbrado público, en dirección al parque, hasta donde llegaron minutos después. Unas cuantas personas en parejas como ellos caminaban por las veredas. Ahí, bajo un cielo sin estrellas, se declararon amor eterno. Mientras tanto en el local de la fiesta, Joan, la joven convertida en la pareja de baile de John, no se perdía ningún movimiento de este y lo retuvo cuando se quiso ir de la fiesta.

—Un caballero nunca abandona a una dama en peligro —le dijo Joan.

—Tú no estás en peligro —contestó John, decidido a ir tras de Isabel.

—Pero lo estaré si no tengo con quién volver a casa.

—Buscaré a alguien que te lleve.

—Si haces eso, no le gustará a Isabel.

Eso lo detuvo. Le importaba mucho lo que pensara de él Isabel.

La verdad era que Joan, estaba enamorada de John, y habían tramado, con Isabel, para asegurase que esa noche bailara con él, mientras Isabel lo haría con Livio.

Al día siguiente John interrogó a Livio sobre a dónde había ido con Isabel, pero solo recibió evasivas o burlas, lo que lo ponía de peor humor, pero su amigo parecía no darse cuenta.

Desde ese día, John, se hizo la promesa de recuperar a Isabel, como él decía, elaboró varios planes como guiones de películas de intriga. La mayoría eran descartados, aunque alguno lo llevó a la práctica, pero sin resultado, como el viaje a Sudamérica. No entendió que el más interesado en no hacer ese viaje era Livio, que, por enamorado, aprovecharía las excusas con tal de quedarse al lado de su amada por incierto que parezca el futuro, y que lo máximo que podía conseguir era que se queden ambos.

# 3

De todos modos, John estaba convencido de que el amor de Livio por Isabel era débil y fácil de romper. Por otro lado, sabía que la joven era inflexible con la mentira y el doblez en el obrar. En esta dirección le aconsejó a su amigo:

—Escríbele para venga, dile que no te dará el tiempo para ir y venir, sin perder el empleo.

—El empleo no es el problema, cuando tengo que renunciar.

—¿Por qué harías eso?

—Porque ese fue el acuerdo y tú lo sabes.

—¿Y la casa del Juncal?

—Eso también está acordado.

—Pero yo no tengo dinero en este momento.

—Eso no puede ser problema, luego me pagas.

—¿Y el coche?

—Todo.

—Hay que hacer trámites, transferencias.

—Todo eso lo hacemos, todavía tenemos tiempo.

—¿Sabes qué pienso? Que vuelvas una vez que te hayas casado, solo por un tiempo para que entregues tu trabajo a la empresa y quedes bien con nuestro jefe y no me termine afectando a mí que tendré que afrontar tu falta de compromiso. Lo mismo para hacer las transferencias de tus propiedades.

—¿Eso crees?

—Eso creo.

—Dependerá de lo que quiera Isabel.

—¿Le has dicho que vas a volver a este pueblo?

—No. Pero si le hablo creo que ella entenderá que solo será por un muy corto tiempo, hasta entregar el trabajo y cerrar todo lo que queda pendiente.

—Si acepta casarse, ¿la traerías al campamento?

—¿No es eso lo que me estás aconsejando? Aunque aquello no ha estado en nuestros planes.

—Los planes se cambian. Me parece que ella debería venir para casarse, mientras tú cierras tu ciclo aquí.

—¿Casarnos acá? ¿Cómo fugitivos? No creo que acepte, querrá estar acompañada de su familia y vivir ese momento.

—Escríbele, para ver qué pasa. Lo peor sería que te diga que no.

Livio, siguiendo el consejo de su amigo. Le escribió a Isabel para ver qué pasaba.

Isabel no aceptó, le respondió airada y le dijo que, si él era incapaz de cumplir una sencilla promesa, no sería tampoco capaz de cumplir las más difíciles y tal vez, sea mejor dejarlo todo así.

Le mostró la carta de respuesta a su amigo, y este le dijo:

—Mujeres hay muchas. Aquí mismo en el campamento hay algunas interesantes, tú lo sabes. ¿Te acuerdas de … cómo se llamaba?

Livio no dijo nada. Solo lo miró y se quedó pensando. John por su parte no insistió, le pareció que lo estaba pensando.

—Tengo que hablar con la empresa para que me permitan renunciar desde allá si es que no pudiera volver —dijo al fin Livio—. Te dejaría un documento para que me representes y si eso no es posible adelantaré mi renuncia. Así que anda juntando el dinero de mi parte de la casa.

—Ya te dije que no cuento con el dinero.

—Y yo ya te dije que no hay problema. Me lo envías después.

—O sea que vas a ir como perrito arrepentido. Doblegado.

—Así es amigo. El amor es muy potente.

—Está bien. Entonces yo también voy.

—Oh, muchas gracias, amigo, aunque no creo que acepten que nos ausentemos los dos al mismo tiempo.

—Confía en mí.

John le escribió a su hermana Mary, que no le diga nada a Isabel, pero él sospechaba que Livio había perdido interés por el matrimonio.

Livio consideraba a su amigo incapaz de mentirle sobre algo, de lo contrario hubiera percibido cierto empeño de este en retrasar la boda o hasta incluso que se suspenda para siempre; gracias a Mary, Isabel empezó a creer que Livio, tal vez le estaba dando largas al asunto para no casarse, tal vez había encontrado a alguien, pues son pocos los hombres que están capacitados para vivir solos y ser fieles.

Cuando a Livio le pareció que ya podía retrasar mas su viaje, al final de febrero del treinta y seis a casi tres meses de haber terminado la casa, le dijo a John.

—Bueno amigo, es tiempo de preparar nuestro viaje, ha llegado el momento de cumplir con mi promesa.

—¿Te vas? Pero volverás casado, me imagino.

—Nos vamos, o acaso ¿no vienes conmigo?

—Creo que no, tengo que construir la casa de los vinos.

—Todavía tienes tiempo, y si no, cuando regreses.

—¿Para cuándo dices que es el viaje?

—El veinte de marzo. Me parece buen día.

—Ok. ¿Isabel te perdonó?

—Eso espero.

—¿Y así viajas? ¿Y si no te perdona? ¿la piensas traer? ¿y si no quiere?

—Son muchas preguntas, pero ¿qué otra cosa puedo hacer? tú conoces a Isabel. Espero que se decida según mi deseo. Y si no ya se verá.

—¿Y abandonarás todo esto?

—Bueno eso se sabía desde que llegamos.

—Pero, no es justo para ti. Si realmente te ama te seguirá hasta el fin del mundo.

—Eso en las películas mi amigo.

—Las películas se basan en experiencias humanas, y se conectan de alguna manera con la vida real.

—Si no quiere, no la puedo obligar.

—Claro que no, pero deberías pensar mejor lo que vas a hacer.

# Capítulo VIII

## 1

Los amigos viajaron a su tierra el veinte de marzo, con propósitos distintos. El de Livio era convencer a Isabel de casarse y el de John, de impedir el matrimonio.

La balanza parecía haberse inclinado a favor de los deseos de John, la joven no estaba muy convencida si casarse en esos momentos era lo más conveniente, después de conocer más detalles que John envió a su hermana. Así se lo hizo saber a Livio.

—No quiero que nos casemos solo porque tienes que cumplir una promesa —le dijo— si ese fuera el caso, te dejo en libertad para decidir lo que te convenga.

—Pero ¿qué dices? Yo he venido a casarme porque te amo. Y aunque te parezca extraño te he sido fiel.

Eso no coincidía con los informes que tenía, pero estaba dispuesta a disculpar algún desliz que haya tenido.

—Entonces nos casaremos, pero si nos quedamos a vivir en Texas.

—Está bien, pero entenderás que debo volver a cerrar el contrato que tengo con la empresa.

—Eso has debido hacer antes de venir ¿o es que tenías otros planes?

—No, únicamente de lo que te estoy hablando. Debo, además, transferir mis cosas a John. Aunque no niego que me gustaría volver por un tiempo más, las cosas acá todavía están difíciles. Volver contigo. Como en un viaje de luna de miel.

—Cómo un viaje de luna de miel ¿Por cuánto tiempo?

—Aunque con seguridad te lo digo, me gustaría trabajar un par de años más. Dos años que serían de ahorros, porque nada se gasta en el campamento.

—Siempre y cuando no tengamos un hijo allá.

—No, si así lo quieres.

A Livio le sorprendió un tanto que Isabel haya aceptado su propuesta con relativa facilidad, así se lo hizo saber a John.

—Todo resuelto —le dijo con una enorme sonrisa.

—¿Qué es lo que has resuelto? —dijo John mal agestado, sospechando lo que le quería comunicar su amigo.

—Todo. Nos casamos y viajamos a Perú.

Livio no reparó en la desazón que le causaba la noticia a su amigo.

—Quiero que seas el padrino.

—¿Yo?, de ningún modo. Eso le corresponde al padre de Isabel o a tu padre, en todo caso.

El matrimonio se celebró sin contratiempos y como sucede en estos acontecimientos, las luces se enfocaron en la novia y ella estaba feliz; y hacía felices a sus padres, aunque a ellos les resultaba penoso y preocupante que viaje a Sudamérica con su esposo.

## 2

El once de mayo desembarcaron en el puerto de Paita, no obstante que la empresa tenía su propio muelle desde donde embarcaba nafta y querosene a Estados Unidos y Canadá. John viajó con los recién casados, pero casi no se frecuentaron ni a la hora de ir al comedor. Prefería sentarse aparte, para no importunarlos, decía. En más de una oportunidad se le vio acompañado de una jovencita, que creyeron que había encontrado una novia al fin.

Junto con los recién casados llegó también un enorme piano de cola, que Livio le compró a su esposa para llevarlo a la casa del Juncal y colocarlo en el lugar que ya le tenía reservado. La joven se había opuesto al inicio, diciendo que no valía la pena por tan poco tiempo, y porque ya tenía su propio piano, regalo de sus padres, pero Livio insistió diciéndole que oírla tocar era lo más sublime, y que no estaba dispuesto a seguir perdiéndose ese placer. Isabel sabía tocar de manera maravillosa, que en su pueblo participaba en pequeños recitales para la comunidad y bien podría dedicarse a la música de manera profesional le había dicho su profesora.

Su nuevo estado, le dio a Livio el derecho a tener una casa en lugar del cuarto de soltero que venía ocupando. La casa del Juncal no se consideraba su residencia oficial.

Dos fiestas se organizaron en su honor, una en el club del pueblo y otra en la casa del Juncal.

La señora Austin quedó encantada de lo que encontró, que se olvidó de sus temores iniciales, pero no tanto como para quedarse sola en el Juncal. Viviría la mayor parte del tiempo en el pueblo y solo los días de descanso de Livio los pasarían ahí, y los domingos en que los acompañaba John.

Le pareció que la casa tenía un aire de estilo victoriano y no solo la casa era hermosa, también el amoblado, los sillones y los cuatro faroles de bronce adosados a la pared en el porche, la gran mesa del comedor, los sofás y sillas acolchadas del salón y el espacio reservado para el piano y en las noches, la cálida iluminación de las arañas de faroles a kerosene que colgaban del techo.

Livio le hizo un recorrido por el campamento y sus alrededores. La avenida Grau que era la calle principal y lugar preferido para caminar mostrando lo último que les había llegado desde su país; el mercado, el economato (tienda), la plaza (mercado), la bodega de víveres y la casa club de golf. Un estadio de fútbol, casas con cuartos para personal soltero masculino y femenino por separado y las familiares con porches, con pórticos o sin nada, con techos a dos aguas, jardines llenos de flores y arbustos, grandes ventanas de madera pintada de blanco, en su mayoría con cristales. Los locales de la empresa con techos de calamina, el hospital masculino, el femenino, la escuela de niños, la escuela de niñas, la clínica del hospital, el muelle, un campo petrolero cercano con sus castillos y bombas que parecían zancudos succionando la sangre de la tierra; un buque cisterna a punto de partir, la estación policial, la iglesia, el teatro, su cuarto que había ocupado en la casa de solteros, el hotel Royal, la refinería, la fábrica de latas y otras secciones. Luego la llevó a las playas cercanas, donde las aguas eran tibias y agradables.

En la casa del Juncal le explicó el sistema para regar la huerta, recientemente mejorado con una bomba eléctrica, de las últimas producidas por la *General Electric*, que utilizaba la energía proporcionada por un molino de viento de aspas muy grandes que a Isabel le llevó a decir:

—Uy, qué hermoso, se parece a los molinos de viento a los que se enfrentó don Quijote.

—Sí. Solo que para nosotros son solo lo que son.

—¿Y esas son vides?

—Sí, una de las extravagancias de John. Se ha propuesto fabricar vino.

—¿Y ya producen?

—Todavía. El próximo año, según John, aunque alguna mata se ha adelantado, pero las demás por ahora solo consumen agua, aunque John está convencido que, a partir de ellas, obtendrá el mejor vino del mundo, que ya ha instalado lo necesario para producirlo. John se considera un moderno Robinson Crusoe, no en una isla sino en medio de la nada dice él.

—Espero que todo esto no los haga olvidar la promesa de volver. Tampoco puedo negar que el sitio escogido lleno de verdor me parece excelente.

—Sin embargo, no siempre es así, solo en estos meses y cuando llueve en el verano, que en esta parte de la tierra es en los meses de enero a marzo.

—¿Y qué pasa en los otros meses?

—Se seca todo, las hierbas, los arbustos y los árboles pierden sus hojas.

—Entonces ahí este lugar parecerá un oasis.

—Sí, especialmente en la primavera, a fin de año. Ya lo verás. Por eso hemos hecho la represa. Pero cuando vuelven las lluvias del verano como un ángel resucitador, traerán la vida a todas partes del bosque, transformando las ramas desnudas, quietas como muertas, que ni el viento las quiere tocar, en un bosque extremadamente verde, que hará que nuestra huerta se vea más bien amarillenta y mustia.

## 3

Luego de varios meses, Livio logró que lo asignaran a la exploración de los campos cercanos al Juncal, e Isabel conoció y empezó a confiar en los vecinos Demetrio, su hijo Eloy y especialmente en Ambrosia, una adolescente próxima a cumplir los quince años. Decidieron fijar ahí su residencia, en la casa bonita como la llamaban la gente que se desplazaba por la carretera. Se detenían montados en sus mulas mientras la admiraban, especialmente cuando por las lluvias se interrumpían los pasos de las otras vías. Isabel los miraba desde la ventana de su dormitorio o de la del ático, y se sentía como pez en un acuario.

Livio por su lado estaba feliz con la presencia de su esposa; y hasta John lo parecía, siendo parte de la felicidad de sus amigos. Le encantaba especialmente escucharla tocar el piano.

Emplearon a Eloy para que ayude con la huerta y con la vaca, y a Ambrosia, como compañía de Isabel, cuando Livio no estuviera. Demetrio se ofreció a que las cabras vivan con las suyas. Los carneros habían dejado de ser fuente de preocupaciones, porque unos perros las mataron el día que se fueron a vagabundear.

La casa del Juncal, no eliminaba el derecho a la casa del pueblo, a la que iban casi todas las semanas, ya sea a reunirse con amigos o como punto de acopio de sus compras en la plaza, el economato, la comisaría o las tienda donde compraban las telas y también perfumes para Isabel desde el Chanel número cinco hasta el agua de florida de *Murray y Lanman* que no le gustaba a Livio.

No les gustaba mucho su casa del pueblo. Corría mucho viento arrastrando arena, y el aire era húmedo y caliente en el día y muy frío en la madrugada.

# Capítulo IX

## 1

Un poco después de haberse establecido en la casa del Juncal, Isabel parecía que se estaba adaptando plenamente a la vida en el campo, matando el tiempo caminando y aspirando los aromas de la huerta, del jardín y del bosque; y deleitándose con el canto variado y melódico de las aves silvestres y también de los animales domésticos de sus vecinos, a quiénes visitaba de vez en cuando a la hora del ordeño de cabras y vacas; cortando flores que colocaba en un jarrón de vidrio sobre la mesa del comedor, trasplantando en su jardín, y en el tiempo que restaba, leyendo mucho, tocando el piano y esperando con ansias que llegue el día de volver a su país.

La presencia de John al comienzo la hacía sentir segura, y como en una repetición de la vida de estudiantes, pero cuando se percató que las miradas del amigo ya no parecían tan inocentes y sobre todo la insistencia con que lo hacía, como reprochándole no sabía qué cosa, haciéndola sentir incómoda. Le pareció que su amigo no se había dado cuenta de su nuevo estado de señora Austin. Empezó a sentir temor de su presencia. Dejó de agradarle que tenga un dormitorio en la casa, aunque sea independiente y su entrada por la puerta trasera.

John por su parte consideraba que haberse retirado al cuarto de servicio ya era una consideración a sus amigos, porque había renunciado a su dormitorio en el segundo piso, construido allí con ese propósito, porque en última instancia él había construido así la casa. Habían convenido que el dormitorio grande solo sería ocupado por el primero que se case y quiera vivir en la casa, el otro ocuparía uno de los destinado a la visita. Pero a pesar de esto, Isabel prefería que John no se hospede en ningún lugar de la casa.

—Creo que John no debe vivir aquí con nosotros —le dijo a Livio, a las cuatro o cinco semanas de haberse establecido en la casa.

—Es nuestro amigo desde la infancia. Mi mejor amigo, y dueño de la mitad de la casa.

—Aun así. No me gusta. No es bueno que ande revoloteando a nuestro alrededor.

Livio tuvo que decirle a su amigo que tendría que vivir en el pueblo. John se limitó a escucharlo y luego movió la cabeza afirmativamente.

—Espero que esto no te moleste. Tú conoces a Isabel. Tiene su propia forma de ver lo que es correcto —dijo Livio.

—No me des explicaciones. Yo entiendo —dijo John y lo miró a su amigo con una sonrisa falsa y exagerada.

A John le molestaba cierta ingratitud con el artífice de todo esto. Sin él, no habría casa, ni huerta, ni nada, pero al mismo tiempo creía que era lo mejor, desde que no soportaba que se abrasaran y besaran en su presencia; y lo hicieran a un lado, y peor aún que lo ignoraran. Pero por otro lado dejaría de verla en las mañanas con el pelo húmedo y ese aroma que lo enloquecía. Le parecía que ahora era más bella que antes, por lo que no podía evitar mirarla imaginándola su esposa. Sí, era mejor alejarse, ya lo había pensado así, pero le faltaron las fuerzas, ahora habían sido ellos los que lo obligaban a marcharse como si él representara un peligro y eso le molestaba un poco. Se prometió hacer que un día le pidan volver, aunque no sabía por qué, ni cómo.

Apenas minutos después de la conversación con Livio, salió cargando con dificultad una maleta de cuero marrón, avanzó hasta el estacionamiento e intentó abrir la puerta trasera del coche, pero estaba con seguro, quiso abrir la delantera y tampoco pudo. Puso la maleta en el suelo, se recostó en el guardafango delantero, sacó un cigarrillo y lo encendió, y aspiró con energía y exhaló una nube de humo blanco, que se diluyó en el aire húmedo antes de llegar hasta la ventana del dormitorio en el segundo piso, desde donde Livio e Isabel lo miraban con tristeza.

—Ya está listo —dijo Livio.

—¿Le has dicho que se vaya hoy?

—Le dije anoche, como conversamos, pero no para que lo haga hoy.

—Bajemos. Avísale que venga tomar desayuno.

John se había vestido como para ir a una fiesta, con terno, corbata y sombrero de pelo de camello, cuando para ir a trabajar debería ir con su pantalón de dril *beige* o sus vaqueros azules y camisa también *beige* y un casco en lugar de sombrero y botas de cuero en lugar de los zapatos negros y lustrosos de becerro.

No quiso tomar desayuno, por más que la misma Isabel fue a rogarle a que entre y se siente con ellos. Los esposos entendieron que su amigo se iba resentido.

Durante el camino no quiso hablar del tema, por más que Livio se disculpó y trató de explicarle, lo cortó y le dijo que entendía perfectamente su situación y prefirió hablar del clima.

## 2

Ya en el pueblo, no quiso que Livio lo lleve hasta su cuarto, prefirió descargar su maleta en la oficina y a la salida la subió a la camioneta que tenía asignada, mientras Livio se subía a su coche para volver al Juncal.

En su cuarto, John lamentaba el haberles hecho una casa para que luego lo boten. Le echó la culpa a Livio por haberse casado con Isabel, haciendo que se pierda la amistad de toda la vida y la única manera de volver a ser como habían sido, era separándolos. Había encontrado una nueva razón. Ya no solo el amor por Isabel, sino la amistad con Livio. Aunque en el fondo solo trataba de encontrar excusas, porque de qué amistad podía hablar cuando al mismo tiempo trataba de quitarle la esposa a su amigo.

Empezó a analizar las posibilidades que tenía para lograr la separación de la pareja o al menos un acercamiento con Isabel, tal vez lograría que se separe para unirse a él. Se planteó las primeras interrogantes, ¿Qué debería hacer?, ¿cómo lograrlo?

Desde que se enteró que la planta del manantial era como el toloache, le nació la curiosidad por saber de lo que, en verdad, era capaz la planta. Sembró en la parte más extrema de la huerta, en el lindero mismo del terreno, cinco plantas, luego de hacerlas germinar en un pequeño almácigo. Solo cinco, las demás las desechó.

Tal vez había llegado el momento del floripondio. ¿Cómo le ayudaría a sus propósitos? ¿quién debería consumirla? ¿ella o él? Si se la suministraba a ella, tal vez era el camino más directo. Convencerla para que lo haga a un lado a Livio y lo acepte a él. Eso podía ser, que pierda la voluntad para rechazarlo. El plan estaba bien, pero ejecutarlo era otra cosa, le preocupaba la dosis, el curandero solo dijo una flor diaria y le advirtió que las semillas eran peligrosas podían causar la muerte y él quería separarlos y no matarlos.

# Capítulo X

## 1

Toda solución a su preocupación se redujo al floripondio. Pero no se animaba a utilizarla con Isabel. La probaría con Livio y lo convertiría en alguien que hiciera caso a todo lo que él le propusiera.

—Haré que le pida el divorcio, que le diga que no la quiere —pensó convencido de haber encontrado la solución a sus deseos.

Anotó en un cuaderno «pedir a Texas documentos para divorcio».

Semillas no utilizaría, pues había confirmado por otras fuentes de que eran peligrosas si no se dosificaban bien y él no estaba seguro. Usaría las flores en la dosis que dio el curandero, de una flor por día, en infusión. Tuvo una idea. Hervir una flor y mezclar con soda. Pero cómo se la daría. Tuvo otra idea, abrir sin dañar la tapa de la botella de soda, agregar el brebaje concentrado y volver a tapar. Ya todo parecía encaminado. Se quedó dormido satisfecho.

Al día siguiente se hizo un dispositivo para abrir sin dañar la tapa de la soda y todo quedó listo, para echar a andar el resto del plan. Solo faltaba conseguir las flores, pero no podía ir hasta el juncal, tampoco era necesario, porque había visto en un jardín una hermosa planta que tendría más de doscientas flores.

Esa noche de nuevo lo asaltó una duda, se le daría una vez o todos los días. El curandero dijo una flor por día, pero al parecer quiso decir por toma de un día, como máximo. No quería cometer un error que resulte fatal. Lo más seguro era una sola vez y esperar a ver qué pasaba. El momento sería al medio día para observarlo. Trabajaban juntos casi todos los días hasta la hora del almuerzo y después continuaban en la oficina. La mayoría de los empleados no volvía a sus puestos hasta las tres de la tarde. Solo él y Livio seguían de corrido para salir más temprano, por el viaje al Juncal. Ahora ya no era necesidad de John, pero lo hacía por acompañar a Livio.


## 2


Llegó el momento de la prueba, después de haberla pospuesto por varios días.

Cuando regresaban del campo bajo un sol intenso, sacó de su morral dos sodas, una se la mostró a Livio.

—¿Te la destapo? —dijo.

—Sí, gracias.

La destapó y se la alcanzó. Luego destapó la otra para él.

De allí para adelante se puso a observarlo.

—¿Qué pasa? —dijo Livio, al sentir la mirada persistente de su amigo.

—Nada. ¿Por qué lo dices? —contestó John azorado.

Pensó que Livio lo había descubierto.

—Porque me miras mucho.

—Es que estás rojo como un tomate.

—Ya sabes que no termino de acostumbrarme a este sol.

John respiró aliviado. Pero del efecto del brebaje, aparentemente no pasaba nada, hasta un rato después en que pareció que perdió las ganas de hablar, se le veía callado y al llegar a la oficina parecía muy concentrado en su trabajo.

Cuando salieron:

—Te acompaño —dijo John.

—¿A dónde?

—¿Cómo que a dónde? A tu casa desde luego.

—Ah, bueno.

El hecho de que no se haya opuesto, podría significar que la soda estaba actuando.

La preocupación de John era que algo le pase en el camino, pero lo dejó conducir, aunque siempre atento, que hasta se imaginaba cómo detendría el vehículo o lo guiaría tomando el volante, pero no fue necesario, porque su amigo parecía muy concentrado en lo que hacía. Pero en silencio. John tampoco hablaba, temía que eso desencadenara algún comportamiento extraño mientras conducía.

No sabía cómo explicar a Isabel su presencia en la casa del Juncal.

—Livio no se ha sentido bien y por eso lo he acompañado —le dijo a la esposa tan pronto descendió del carro.

Isabel no respondió. Los miró sin decir nada desde el porche con un gesto de fastidio. John entendió que era por su presencia.

Cuando Livio se acercó a la casa, Isabel descendió las gradas para darle el encuentro.

—¿Qué sientes, cariño? ¿Te duele algo?

—Estoy bien. No te preocupes.

Livio no daba ningún indicio de sentirse mal. Le dio un beso a su esposa y subieron las gradas de la escalinata. John se quedó mirando la escena sin entender. «Tal vez ya le pasó el efecto» pensó. Isabel volteó a mirarlo con cólera.

—No encontraste mejor manera para volver —le dijo a John.

Livio pensó que le decía a él y dijo:

—Estoy bien. No te preocupes.

—Vamos toma un baño te hará bien y te quitará el polvo del camino —dijo, y ya en la puerta que conduce a la sala volteó otra vez a mirar a John—: Y tú deberías hacer lo mismo.

John no dijo nada y se dirigió por el costado de la casa hacia la puerta trasera para ir a su habitación.

Cuando más tarde se reunieron en el comedor, en la gran mesa y bajo una lámpara araña colgante de seis faroles a kerosene, Livio tenía una noticia para John.

—Hemos pensado adelantar nuestro viaje de regreso a Texas.

John se quedó helado, pareciera que el chamico ese estaba jugando en su contra. Disimuló muy bien para decir:

—Excelente, así esta casa quedará solo para mí. Ya no tendré que vivir en ese cuarto caliente del pueblo.

—No seas exagerado, John —dijo Isabel.

—Sí, hemos pensado que vuelvas a la casa —dijo Livio.

John miró a su amigo, incrédulo.

—Sí, John, así se acompañan cuando regresan desde el pueblo —confirmó Isabel.

—Bien. Solo por eso —dijo John haciéndose el héroe—. ¿Y cuándo han decidido todo esto?

—Hace apenas unos minutos —dijo Livio visiblemente contento.

Esto parecía ser efecto del chamico, pero Isabel qué tenía que ver con esto. Algo no cuadraba. No había logrado inducirlo a nada, pareciera que quién sí lo había logrado era Isabel, ¿eso significaría que era ella la que quería que él volviera? Le resultaba interesante. Tal vez era la esposa la única que podía controlar al marido, como decían; o este se dejaba convencer de solo la apersona a quien más quería, pero ¿en ausencia de Isabel lo obedecería a él?

Al fin le pareció que todo pudo haber sido peor. Se terminó de consolar pensando que la primera experiencia con el floripondio había quedado empate, ellos se habían puesto de acuerdo para adelantar su viaje y él había recobrado su posición en la casa; pero ahora quedaría menos tiempo.

Terminada la cena, John se puso a recoger la vajilla.

—Deja eso, John —le ordenó Isabel.

—Solo quiero ayudar —dijo John y continuó recogiendo.

—¡Vamos, Livio, dile que deje ahí! —dijo Isabel, riéndose y tocando la mano de su marido.

—Deja ahí —dijo Livio, serio.

—Entonces hazlo tú —dijo John sonriendo también, como siguiendo el juego de Isabel.

—¿Quieres que lo haga? —dijo Livio, otra vez sin ninguna muestra de sonrisa en su rostro.

—Vaya, sí que estas raro. ¿Desde cuándo te interesa ayudar en la cocina? —dijo Isabel poniendo cara de sorpresa.

—Es que nunca me lo has pedido.

—Ah, ¿sí? Entonces te lo pido, recoge la vajilla.

Livio ayudó a recoger la mesa y a lavar la vajilla, ante la sorpresa de Isabel, que no paraba de reírse.

Luego salieron los tres al porche a conversar, pero minutos después Livio se durmió. Isabel intentó despertarlo.

—Déjalo que descanse —dijo John—ha tenido un día difícil y parece que la presión en el trabajo lo está afectando.

—Sí, pero es mejor que descanse en su cama.

Isabel insistió en despertarlo moviéndolo de un lado a otro, pero Livio estaba tan dormido, que Isabel se preocupó. Le pidió silencio a John para escuchar su respiración.

—Sí está respirando. Fíjate en su pecho —dijo John— solo necesita descansar. Si quieres te ayudo a llevarlo arriba.

—Olvídalo, pesa demasiado y tú no creo que lo puedas, ni entre los dos en las escaleras. Lo dejaré aquí hasta que despierte. Quédate con él. Voy por una manta.

Al regresar lo cubrió del cuello hasta los pies y le quitó las sandalias por las que había cambiado sus botas cuando tomó el baño.

Isabel se retiró a su habitación, no sin antes trancar la puerta de la casa. John pronto se quedó dormido también en el sillón ahí en el porche al costado de su amigo.

## 3

Todos se quedaron dormidos hasta las cuatro de la mañana en que escucharon a Livio intentando abrir la puerta que llevaba a la sala, pero estaba atrancada desde adentro. Isabel se imaginó que sería John y se levantó a escuchar tras la puerta, el ruido cesó. Unas piedritas chocaron con el vidrio de la ventana. Isabel envuelta entre las cortinas se asomó con cuidado y vio a Livio que le agitaba las manos. John también se había despertado, pero se había quedado inmóvil fingiendo dormir.

—Isabel —dijo Livio— abre la puerta.

Isabel descorrió los cerrojos del dormitorio y bajó las escaleras, quitó la tranca y Livio empujó una de las hojas de la puerta. Isabel sintió deseos de abrazar a su marido y así lo hizo.

—¿Qué pasa? —dijo Livio— ¿por qué John está dormido allá afuera?

—¿No te acuerdas de anoche?

—No. ¿Cómo llegué ayer?

—Viniste con John.

—Ah, ya.

Isabel subió las escaleras y Livio la siguió pensativo.

—¿Tienes algo? ¿No me crees? Hablemos con John. Espera.

Isabel se miró al espejo y con los dedos se acomodó un poco el cabello rubio y se envolvió en una manta. Bajaron y encontraron a John de pie, esperando que salgan, porque ya había escuchado los murmullos de los esposos y el ruido al bajar las escaleras.

—John, ahí estás —dijo Isabel.

—Estaba por irme a mi cuarto, pero escuché que bajaban.

John sentía unas ganas enormes de mirar a Isabel envuelta en esa manta que le dibujaba el cuerpo y sus pies descalzos, pero miró hacia otro lado.

—Livio no recuerda cómo llegó a la casa —dijo Isabel sin percatarse del esfuerzo de John.

—¿No recuerdas? Qué extraño. Ayer te noté un poco cansado y temí que te quedes dormido y decidí acompañarte, aún con el riesgo de que Isabel se moleste conmigo —John le hablaba a Livio.

—Y luego ¿qué pasó?

—Nada. Condujiste como un verdadero profesional del volante. El resto ya lo sabe Isabel.

—¿Recuerdas que te bañaste y que luego cenamos? —dijo Isabel.

—Ahora que lo dices, sí pero como en un sueño.

—O sea que tampoco recuerdas que me dijeron que habían adelantado su viaje de retorno a Texas —dijo John, con cierta alegría que los otros no advirtieron.

—De eso sí tienes que acordarte —dijo Isabel— lo conversamos después que saliste de bañarte.

—No recuerdo.

Livio se agachó, mirando al piso tratando de acordarse. Sabía que algo andaba mal, porque su último recuerdo del día anterior era de cuando estaban en la oficina.

Isabel también entendió que algo no andaba bien en su esposo y era evidente que necesitaba ayuda.

John se dio cuenta que parte del efecto era una pérdida de memoria temporal y era en ese momento en que se le podía inducir a hacer cosas que después no recordaría. No era como le habían dicho que la persona que bebía el chamico era manipulable estando consciente. La cuestión era que en el lapso en que le hacía efecto la droga (a esta altura solo podía ser una droga) podía amarrarlo si querías y hacer lo que te plazca, porque después no recordaría. Esto lo cambiaba todo y había que replantear su estrategia. Podría ser que la dosis era muy alta, de repente la flor era muy grande, de repente utilizando menos se conseguía el efecto deseado de modo que obedezca, pero no pierda la consciencia para que si promete algo lo sostenga en el tiempo, necesitando tal vez seguir tomando el chamico como le dijo el curandero cuando habló de una flor diaria. Probaría con media flor. Recurrió como antes al método de la gaseosa y como lo esperaba, Livio no sufrió ningún ataque de ansiedad y al día siguiente recordaba todo lo que había hecho el día anterior, ahora necesitaba saber si era manipulable, parecía que sí, ahora se allanaba con facilidad a las teorías de John por muy raras que sean. Lo probó tres veces y los resultados eran parecidos, ahora necesitaba utilizar esto en su beneficio directo con relación a la pareja. Tal vez era posible inducirlo a hacer algo que mortifique tremendamente a Isabel que hasta podría divorciarse. Qué podría ser esto, solo una cosa: la infidelidad. La oportunidad de probar su teoría se le presentó un mes después.


4


Ambrosia cumplía sus quince años e Isabel decidió celebrárselos. John pidió permiso para llevar a Rosy, una antigua conocida, soltera como él. A Isabel le encantó saber que al fin John salía con alguien porque no sospechaba la intención de John. Pero a última hora Rosy desistió de ir.

Para que Ambrosia vistiera ese día Isabel le regaló un vestido blanco que dijo que era el que había utilizado el día de su graduación.

La jovencita, emocionada corrió a su casa para ponérselo. Isabel se reía complacida.

Livio lo recordó como el que llevaba puesto cuando le declaró su amor y por alguna razón solía soñar con ese día y a veces despierto, sin saber por qué; John también lo recordaba, era el mismo con el que la llevó al baile.

—No deberías desechar nuestros recuerdos —dijo Livio, con semblante pensativo.

John asintió.

Isabel movió la cabeza en signo de negación, con los labios apretados.

—Los recuerdos solo sirven si apoyan al presente.

—Siempre es bueno recordar, nos muestra que hemos vivido bien o mal, eso no importa. Si bien, debemos estar agradecidos y si mal debemos mejorar —dijo John.

Livio guardó silencio e hizo un gesto de fastidio.

—Ahí está Livio, él no quiere recordar —dijo Isabel, implacable. De inmediato se arrepintió.

—Disculpa querido.

John tampoco dijo nada, pensó que era el efecto de la gaseosa que le acababa de invitar.

—Y de todo esto tú tienes la culpa —le dijo Isabel a John.

—Estoy aquí porque tú me pediste que viniera. ¿Ya te olvidaste?

—Por supuesto que no. Me refiero a que no sé para dónde vas. Solo estás aquí. Lo mismo que Livio, lo mismo que yo. Esperando que pase el tiempo para empezar a vivir, como si esto no fuera vivir.

—Entonces vive —insistió John.

—¿Cómo? ¿No lo ves a Livio? Hay días en que parece que nada le importa. No presta atención. Se le ve cambiado. Convertido en un conformista sin embargo acepta retornar, pero sin entusiasmo, tan solo por seguirme la corriente, eso es un día, pero al siguiente como que vuelve y cree haber encontrado en este lugar todo lo que necesita. ¿están consumiendo drogas, John?

—Tú sabes que no.

—Es que no lo sé.

—Dile, Livio.

—No consumimos drogas —dijo Livio como autómata.

—En fin, hoy nos reuniremos por el cumpleaños de Ambrosia y no le malogremos el día también a ella.

A la fiesta que organizó Isabel para Ambrosia, asistieron el padre y un hermano de esta, Livio, Isabel y John. Isabel preparó un pastel en el horno de ladrillos que había construido John, debajo de un techado de tejas y al costado de la casa del vino. Demetrio y Eloy prepararon un cabrito al *copuso*, lo que en otras partes llaman *al hueco*, al mismo tiempo que le mostraban todos los secretos de este plato a Isabel, desde el cavado del hueco, allí mismo en la parte trasera de la casa.

En medio de la fiesta, cuando Isabel y la joven intentaban cantar una canción en español que se reproducía en el gramófono, John observó de pies a cabeza a Ambrosia con su vestido blanco, tuvo una revelación. «Qué tonto he sido, ahí está la solución» se dijo y volteando a mirar a Livio:

—Está bonita Ambrosia con ese vestido se parece a Isabel y tal vez como ella seguramente también te quiere a ti —le dijo susurrándole a la oreja para que Isabel no escuche.

La red estaba lanzada, ahora le tocaba esperar, pero Livio solo miraba a Isabel.


5


Algo de lo que sembró John en la cabeza de Livio había quedado, porque un incidente como dos meses después indicaría eso mismo, cuando Isabel le prometió A Ambrosia enseñarle a coser en una nueva máquina que le enviaron desde Texas. Para ese día como no iba a hacer tareas ni en la cocina ni en la huerta, Ambrosia se puso el vestido que le regaló Isabel, que al haber crecido un poco le quedaba algo apretado. La máquina de coser estaba en el ático, sobre el segundo piso. Al costado de la gran ventana que hacía de mirador, desde donde se veía la carretera y las nubes levantándose del mar distante unos veinte kilómetros al oeste. Cuando Ambrosia subió las escalinatas que llevaban al porche y a la puerta del salón se encontró con Livio que salía. Ella no sabía que estaría en la casa, pues se esperaba que estuviera en su trabajo, ni su carro había visto, porque lo había dejado en la parte de abajo, al parecer solo había ido por un momento y ya estaba saliendo. La presencia la sorprendió a la muchacha. Le tenía un poco de miedo, no le gustaba la forma insistente que tenía de mirarla, aunque antes no había sido así y Ambrosia no sabía ni entendía lo que podría estar pasando por la cabeza del hombre, pues ya Isabel la había advertido del cambio de su marido.

—¿Te asusté? —dijo Livio con una sonrisa idiota.

Se paró en la puerta y le impidió el paso. Como aquella era ancha, de dos hojas, intentó pasar por un costado, pero él la sujetó tomándola y apoyando su pecho sobre su espalda y sintió su aliento y su respiración y le dio asco.

—Isabel —le dijo Livio.

Ambrosia usó toda su fuerza, y era muy fuerte, para liberarse del hombre, y en lugar de subir al ático donde la esperaba Isabel, se fue corriendo a su casa. Parece que el ruido de las pisadas de Ambrosia sobre la madera del piso alertó a Isabel que se asomó por la ventana de ático y solo vio a su marido que se dirigía hacia la carretera.

—¿No está por ahí Ambrosia? —le preguntó.

Livio, no contestó y se perdió bajada abajo entre los arbustos de la huerta.

A Isabel le pareció que tarareaba una canción. Se quedó pensativa viendo cómo se alejaba. Le parecía otra persona.

Ambrosia, más que miedo sintió rabia, pero no le contó nada a nadie. Se quitó el vestido y lo quemó; y nunca más volvió a esa casa. La ausencia de la joven le resultaba extraña y preocupante a Isabel, intuía que su marido tuviera algo que ver, por eso recorrió los cuatrocientos metros cuesta arriba hasta la casa de Demetrio para hablar con Ambrosia sobre por qué ya no iba a la casa.

—Es que me siento indispuesta —fue la respuesta de la muchacha.

—¿Qué es lo que tienes?

—Ya se me está pasando.

—Entonces te espero cuando te recuperes del todo.

—No. Porque ya no iré.

—Pero ¿por qué? ¿te ha hecho algo mi esposo?

—No, señora. Lo que pasa que el patrón, el hacendado, me ha empleado para que le cuide a su mujer que está enferma.

Eso tranquilizó a Isabel, pero no dejó de sospechar de Livio.

# Capítulo XI

John no se llegó a enterar del incidente y al parecer ya no tendría oportunidad de probar nada desde que la joven Ambrosia dejó de venir.

Las personas a veces se obstinan en seguir a su propia estupidez y no se dan cuenta de ello aun cuando el resultado los deja más alejados de su objetivo. Este era el caso de John, por eso ante el fracaso, no se dio por vencido.

En el campamento había varias mujeres solteras, que, aunque era difícil que se enreden con un hombre casado, John no dejaría de intentarlo. Habló con Rosy.

—Es imposible que alguien acepte una propuesta como esa —le dijo Rosy fastidiada.

—¿Ni como un favor?

—Qué tipo de favor es ese que daña la reputación, y que puede ocasionar la pérdida de su empleo. Además, Isabel es tu amiga, yo no entiendo esto.

—Es una apuesta que tengo con John o una prueba si quieres.

—Aun así. No está bien jugar con las personas.

—¿Y tú, me harías el favor?

—¿Sabes, John? No me vuelvas a buscar mientras andes con esas ideas por allí.

—Es solo una simulación.

—No, John.

Entonces pensó que persuadida con el chamico podría cumplir el papel que requería y sin necesidad de saberlo, solo tenía que lograr que pareciera que Livio la acosaba de alguna manera.

Rosy era pieza clave en su plan, así que la buscó y finalmente la convenció de seguir viéndose. Aprovechando el amiste, probó su pócima con ella, pero a un cuarto de la cantidad, pues temía algún incidente desagradable. Le preocupaba el efecto. Él no quería dañar a nadie solo separar a sus amigos, pero sin tragedias. El efecto sobre Rosy fue un mal de risa, no paró toda la tarde de reírse sin sentido por lo que tuvo que llevarla a caminar por la playa lejos de las miradas. Por lo demás parecía que estaba dispuesta a cumplir sus deseos y lo bueno era que tampoco perdía el conocimiento, así ella sabría que él no se había aprovechado; y en todo caso, no pasaría de un comportamiento raro ocasionado por la presencia de John, de quien se sentía enamorada.

Ahora sí todo estaba listo y probado, ya era cuestión de esperar la oportunidad, para drogar a Rosy e inducirla a coquetear con Livio en presencia de Isabel, pero luego lo pensó mejor,  no se vería bien en ese papel a la que todos creían que era su novia.

Le pidió a Rosy que invite a Alice a pasear, ir al cine y beber refrescos. Debía ganarse su confianza.

Un día que Livio se encontraban en su casa del pueblo John les tocó la puerta y luego lo hizo ir hasta la camioneta donde se encontraba Rosy y Alice, que no paraban de reír.

—Livio quiere darles un beso —dijo John

—Claro —dijeron ellas y se bajaron.

Se acercaron a Livio decididas a darle un beso, pero Livio retrocedió y las contuvo con las manos. Las jóvenes tuvieron un momento de lucidez y se detuvieron.

—No quiere —dijeron —John es un mentiroso.

Largaron las carcajadas.

—¿Están ebrias? —dijo Livio, preocupado.

—Sí y yo también un poco.

Se subieron a la camioneta y se fueron.

Isabel había visto todo desde la ventana.

Cuando Livio regresó, lo esperaba con el ceño fruncido.

—¿Qué quería John?

—Nada. Está ebrio.

—¿Y las mujeres?

—Una es Rosy y la otra no la conozco personalmente, pero creo que vive al costado de Rosy.

—¿Y por qué se te han acercado?

—No lo sé. Una especie de apuesta creo. Hablaré con John cuando se le pase lo chistoso.

—Más te vale y que no venga otra vez con tonterías porque si no, no lo dejaré que llegue a la casa, aunque sea dueño de la mitad. No me importa y tú ándate con cuidado. No he venido hasta este infierno para que me faltes el respeto.

—Pero yo no tengo nada que ver.

Al día siguiente Livio le pidió una explicación a John.

—No es nada Livio. Solo que Alice quería conocerte. Eso es todo. Lo del beso se me ocurrió en ese momento para hacerte una broma. Yo sabía que no te dejarías. No al menos frente a Isabel.

—Me has hecho quedar mal con Isabel. Ella se está imaginando otra cosa.

—Te pido disculpas, amigo; como ya lo hice con ellas, fue producto de la embriaguez. Aunque el interés de Alice es genuino.

—No me interesa. ¿Qué te sucede? ¿es que quieres que Isabel me deje?

—Eso no. De ninguna manera. ¿Quieres que vaya a pedirle disculpas?

—No, gracias. Ya hablaremos cuando estemos en el Juncal.

A la semana cuando volvió Isabel al Juncal, lo primero que hizo John fue pedirle perdón por su actuación en el pueblo.

—No fue con mala intención —dijo John tratando de ser sumisamente convincente— lo único que quería era seguir bebiendo y no se me ocurrió otra cosa que buscar a mi amigo.

—¿Y las chicas? —dijo Isabel, que era lo que más le importaba.

—Las estaba llevando a su casa, son vecinas en la casa de empleadas solteras.

—Al menos eres consciente que eso fue de muy mal gusto.

—En ese momento no me di cuenta por mi embriaguez. Pero al día siguiente me he sentido muy mal, así se lo dije a Livio y también le pedí que me permita llegar hasta tu casa a pedirte disculpas.

—Bien, John. Te disculpo con la condición de que jamás, escucha bien, jamás vuelvas a hacer algo parecido.

Desde el incidente con las chicas no había dejado de acosar a Livio con preguntas para saber cómo estaba el carácter de Isabel, pero al parecer no había ido a mayores. Pero de algo habrá servido se dijo. Tal vez hacía falta otro incidente que hiciera ver a Livio como un tipo con problemas siquiátricos. Si lo internaban, Isabel se le acercaría y lo perdonaría sin condiciones y tal vez tendría la posibilidad de darle a ella el chamico, en ausencia de Livio.

# Capítulo XII

## 1

Desesperado por la falta de resultados, pero decidido a ampliar sus recursos, pensó en el árbol de palo santo. Se levantó muy temprano y le hizo pequeñas incisiones para obtener su resina. Esperaba que le sirviera para sus planes.

En la noche había caído un aguacero poco tupido pero tesonero. El camino estaba lleno de barro, que amenazaba con atollar al coche de Livio, por eso para el regreso, John lo convenció de cambiar a una de las camionetas de la oficina que era más alta. El conductor fue John; y a medio camino le invitó la gaseosa con la dosis completa, luego comenzó a hablarle del árbol de palo santo y a inventar historias oscuras de fantasmas y demonios; y de cómo el árbol se apoderaba de los espíritus, parecía que Livio se las creía todas y pedía conocer más.

Cuando llegaron al Juncal Isabel los esperaba con la noticia de que el árbol estaba muy fragante. John apenas dejó que Livio salude a su esposa y lo llevó hasta el árbol. Isabel se quedó en la escalinata de la casa. El suelo estaba mojado y algunas gotas de savia habían formado una manchita marrón.

—Mira cuánto ha llorado —dijo John señalando la tierra.

—¿Llorar? Esa es la savia del árbol.

—Yo creo que está enviando un mensaje.

—¿Y cómo sabes eso?

—¿No te lo conté? Aquí estuvo un hechicero.

—Un hechicero es un brujo.

—Algo así, pero se hace llamar curandero. Bueno lo que sea. Este hombre me enseñó a escuchar al árbol.

—Te estás burlando.

—Es verdad. Te voy a decir en secreto que Isabel también lo sabe —John bajó la voz y le habló al oído.

—¿Sabe qué?

—Que el árbol se comunica con las personas.

—No me ha dicho. Le preguntaré.

—¿Es que no me crees? ¿A tu amigo de toda la vida?

—Sí te creo, pero si Isabel me lo confirma, mejor.

—Bueno, lo cierto es que el árbol llora por tu culpa.

—¿Mi culpa? ¿Por qué por mi culpa?

—¿Es que no te das cuenta?

—No. No me doy cuenta.

Livio no aceptaba en silencio lo que le decía su amigo, lo que a este le resultaba extraño, pero no dijo nada al respecto, en cambio continuó diciendo:

—Lo que pasa amigo es que el árbol no quiere que te vayas. Ha establecido una conexión contigo que impide que lo abandonemos.

—¿Tú tampoco te puedes ir?

—Tampoco.

—¿Isabel tampoco?

—Ella sí, porque llegó después.

—¿Y qué va a pasar si nos vamos?

—No lo sé. Es magia y en ella todo es posible.

—O sea que nunca nos vamos a poder ir?

—Salvo que lo cortemos.

—Entonces cortémoslo.

—Voy por herramientas.

John se fue por la casa de los vinos, donde también habían construido una pequeña bodega para herramientas.

Livio se quedó mirando al árbol de arriba abajo.

—¿Así que no quieres que me vaya? Ya vamos a ver quién puede más.

Isabel desde la esquina del porche lo vio hablándole al árbol.

—¡*Hey* qué haces! —le dijo.

—Es el árbol que no quiere que nos vayamos — contestó Livio, con toda naturalidad.

—¿Cómo que el árbol no quiere que nos vayamos?

—En realidad, no quiere que me marche yo.

—Estás diciendo tonterías.

—Pero no te preocupes. Lo vamos a cortar.

John había escuchado la conversación, pero no se aproximó, al contrario, se ocultó.

—¿Que no me preocupe cuando estás diciendo tonterías? ¿O porque lo van a cortar?

—Pregúntale a John.

Al escuchar su nombre, John se apresuró a llegar.

Livio le dijo:

—John explícale.

John se rio como un tonto, pero no contestó.

—Vamos John, explícame —dijo Isabel.

—No sé qué quieres que te explique. Livio no sabe lo que dice. Deberías llevarlo al médico.

—Pero John, explícale de la conexión que tenemos con el árbol y que la única forma de librarnos de él es cortándolo.

Isabel miró a John, y este le hizo una seña indicando que Livio estaba perturbado.

—¿Otra vez? —dijo Isabel.

—Así parece.

—Llevémoslo al hospital.

—Hoy ya es tarde y parece que va a llover. Mejor lo llevamos mañana.

—Para mañana ya puede estar bien como la vez pasada. Es mejor que el doctor lo vea tal como está ahora.

—Hay que ver si quiere ir.

—Eso ya no importa. Si tenemos que llevarlo amarrado, lo haremos —dijo Isabel con determinación.

Pero no fue necesaria la fuerza. Livio accedió de inmediato al pedido de su esposa. Aunque John no compartía la decisión de sus amigos, no tuvo más remedio que subirse a la camioneta y conducir hacia el pueblo, cuando ya empezaba a anochecer y los últimos loros regresaban a sus nidos en gran algarabía. Empezaron a caer unas gotas gruesas de lluvia y John disminuyó la velocidad para evitar patinar, dijo.

## 2

El doctor Franklin, no estaba ni en el hospital ni en su casa, había salido a un pueblo vecino. Isabel decidió esperar y se opuso a que salgan a buscarlo. No quería que muchas personas se enteraran del estado de su marido. Cuando se convenció de que el doctor ya no vendría esa noche al hospital, se retiraron, Isabel y Livio a su casa del pueblo y John a su cuarto de soltero. A las ocho de la mañana, tan pronto empezó la atención en el hospital, los esposos fueron recibidos por el doctor.

—Anoche regresé muy tarde a mi casa y no tomé conocimiento que necesitaban atención hasta hoy a mi llegada al hospital, según me han dicho su caso no era de gravedad y, además, usted se había opuesto a que vayan a buscarme. Y aquí estoy, ahora dígame qué le sucede.

—Me duele un poco la cabeza —dijo Livio.

—No solo eso doctor, ayer en la tarde cuando regresó a casa tenía un comportamiento extraño como si ...

—Vamos, dígalo —la animó el médico.

—Como tonto, doctor, y lo peor es que hoy no recuerda —explicó Isabel.

—Ya. Como una amnesia temporal —dijo el doctor Franklin— ¿Cuánto le duró la amnesia?

—No podría decirlo, porque al llegar a casa de inmediato se quedó dormido hasta hoy a las seis de la mañana en que insistía en ir a trabajar.

El doctor Franklin le examinó ojos, oídos, garganta, lo auscultó.

—No hay nada de gravedad, su problema puede ser mental y estar relacionado con su trabajo, mucha tensión tal vez. Le daré una receta que adquirirá en la botica; y lo seguiremos observando y ante cualquier episodio similar, no dude en buscarme.

—¿Eso es todo, doctor? —dijo Livio, aliviado.

—Así es. Incluya un poco de diversión.

«Tal vez, volver a Texas» pensó Isabel.

La primera vez que Livio tuvo su crisis, acordó con Isabel regresar a Texas antes de cumplir los dos años, pero al día siguiente al recuperar la consciencia le pidió a su esposa esperar hasta el plazo inicial, por varias consideraciones, luego incluso por puras cuestiones económicas, habían decidido alargar por seis meses su estadía en el pueblo, pero ante esta nueva crisis ya no había nada que esperar, cumplirían los dos años que decía el contrato y se irían. Eso le informó Livio a John cuando después de salir del hospital se fue a la oficina.

Al enterarse John del inminente viaje de los Austin, se sintió perdido, el tiempo se le estaba acabando. Pensó que tal vez todavía podría convencer a Livio de quedarse los otros seis meses, o actuar sobre Isabel, cosa que había venido posponiendo, porque según él, no era así como le gustaría ganarse su amor; y porque además no sabía cómo la afectaría la pócima. Lo pensó durante gran parte de una noche y al final decidió no correr ese riesgo todavía. Intentaría lo último por el lado de Livio, hacer más continuas las crisis y que se vuelva violento e impredecible, de modo que aún internándolo y curado solo por no continuar la ingesta, deje de ser confiable y seguro para Isabel.

# Capítulo XIII

## 1

Tanto Isabel como Livio confiaban ciegamente en las prescripciones del doctor Franklin, que por lo demás parecían muy acertadas. Como parte de las recomendaciones del médico estaban las distracciones. Se suscribieron a un diario de Nueva York que incluía unas historias en entregas semanales que llegaban vía aérea por *Panagra*. Una de estas historias eran los episodios de Tarzán. También asistieron al teatro a ver una película que la dejó pensando varios días, tal vez porque le encontró alguna similitud con su historia personal, se trataba de «Parias del Ensueño».

Después de casi dos años, era la primera vez que iban al teatro, como se le llamaba a una sala donde se proyectaban películas y seriales. Era un edificio de ladrillo sin pintar con dos puertas de dos metros de ancho. En la fachada tenía dos faroles que en las noches atraían a los mosquitos, de los cuales algunos desorientados terminaban en los tocados de las damas y en las solapas y las cabezas de los caballeros; una ventanita en la parte más alta de la fachada marcaba la ubicación del cuarto de proyección. El tejado era a dos aguas que daban a sendos canales de zinc a los costados; contaba también con tres ventanitas de la taquilla. El ras del piso estaba levantado como un metro sobre el pavimento formando una especie de terracita delante de las dos puertas de ingreso y salida, que corría por toda la fachada formando una escalinata de seis escalones a todo lo ancho

La película, protagonizada por Nancy Carroll y George Murphy, se trataba de Nora (Nancy Carroll) que abandona su carrera en el teatro para casarse con Carl (George Murphy) que recién se había graduado de ingeniero. La joven pareja se establece en la ciudad de Nueva York, donde no consigue un trabajo, debido al alto grado de desocupación que aqueja a la ciudad. Pero la suerte pareció cambiar cuando Sandstone (Paul Harvey) jefe de una empresa de ingenieros le ofrece un puesto no muy importante que Carl rechaza, por considerarlo muy poca cosa. Faltos de recursos, embargados los muebles y echados de la casa, Carl acepta un puesto aún más bajo, pero Sandstone lo llama y le ofrece enviarlo a Rusia, pero debe ser soltero y Carl lo rechaza otra vez. Lo despiden. Un compañero se compadece y lo invita a almorzar a un café chino y allí encuentra a Nora bailando como pareja de alquiler. Ella lo hacía con el objeto de ayudar a los ingresos para la casa, pero Carl indignado la ultraja y terminan por separarse. Ofendida, Nora calla el secreto de que pronto va a ser madre.

## 2

Livio aceptó volver a Texas al cumplir el plazo acordado con la empresa y empezaron con tiempo a planear su viaje, ordenar su trabajo que traspasaría a John, lo mismo que sus propiedades.

John parecía que había abandonado su idea de separarlos y pasaba la mayor parte del tiempo en el pueblo campamento, aunque tenía su habitación de siempre en la casa, donde solía quedarse algunos fines de semana o en algunos días de descanso y trataba de no molestar, dedicándose a la huerta y a la casa de los vinos, solo apareciendo a la hora de las comidas. Isabel empezó a sentirse culpable, le parecía que John se había convertido como en una especie de sirviente, sin vida propia. Se lo hizo ver a Livio y decidieron hablarle.

—Oye, John, hemos pensado que ya es hora de que sientes cabeza, también —dijo Livio, mientras le tomaba de la mano a Isabel sobre la mesa redonda que habían sacado al porche como comedor de diario para luchar contra el calor.

—¿Ya se aburrieron de mí?

—No es eso —dijo Isabel— es que nos apena nuestra felicidad, sin observar la tuya.

—No se preocupen, mi felicidad se encuentra en la vuestra— pero gracias tomaré en serio lo que me dicen.

Una hora después cuando Isabel y Livio trasplantaban unas plantas de flores amarillas en jardín, al lado derecho de la casa, apareció John con una bolsa de soldado.

—Tienen razón. Me quedaré en el pueblo, pero no crean que se han librado de mí, vendré de vez en cuando —dijo John de buen talante ante la mirada sorprendida de los esposos.

—John, tampoco es necesario que seas tan radical —se adelantó a decir Isabel.

—Claro, amigo. No es necesario que te mudes. Esta finca es también tuya y lo será del todo, cuando nos vayamos.

—Claro, ya que han decidido abandonarme.

—Solo volveremos; y algún día vendremos a visitarte, si es que tú no nos visitas primero.

—Entonces, todos estamos bien. ¿Me puedes llevar? No tengo cómo avisar para que me recojan.

En el pueblo, en los siguientes días, se le volvió a ver nuevamente con Rosy, muchos de los que los conocían auguraban un próximo matrimonio, aunque la misma Rosy no estaba muy segura y John ni siquiera lo había considerado. Hasta Isabel y Livio, estaban convencidos de que John estaba siguiendo sus consejos. Isabel le guardaba un poco de rencor a Rosy por el incidente frente a su casa cuando John la llevó con Alice para ponerle una celada a Livio, pero no dudó de desearle suerte con John cuando encontraron a la pareja el fin de semana en la bodega del pueblo.

—Suerte con John. Nos hubiera gustado estar para su matrimonio —dijo Isabel.

—Gracias, pero aún John no se decide —dijo Rosy.

Se le vio algo avergonzada cuando John no dijo nada.

# Capítulo XIV

Desde que Livio había empezado a tomar las pastillas recetadas por el doctor Franklin, John había desistido de suministrarle su brebaje. Temía que, al interactuar ambas drogas, tuvieran un efecto mortal en la salud del paciente. Eso había hecho que Livio haya vuelto a la normalidad en todos los sentidos.

En la tarde de un sábado, los esposos vieron acercarse por la carretera una camioneta con los colores de la empresa.

—Parece que vienen por ti —le dijo Isabel.

—Qué raro, eso no ha pasado antes.

Siguieron con la vista la nube de polvo que avanzaba por la carretera, con la esperanza que siga de largo, porque ya era tarde y si lo requerían en el pueblo tendría que llevar consigo a Isabel. Su esperanza fue inútil, porque al llegar al desvío del camino a la casa, la camioneta volteó y ya no les quedaron dudas de que iban por ellos. A toda velocidad y con gran ruido del motor llegó hasta la entrada al estacionamiento y el conductor bajó a abrir la puerta y muy sonriente les levantó la mano.

—Es John —dijo Isabel con alegría— y no viene solo.

Livio se acercó al estacionamiento cuando ya John le había abierto la puerta a su acompañante, era Rosy, la joven con la que Isabel lo había visto últimamente en las reuniones del pueblo.

Isabel repentinamente tuvo el presentimiento que John vendría anunciar su boda y sintió alegría y tristeza entremezcladas.

—Ella es Rosy, ya la conoces dijo cuando el grupo llegó hasta donde estaba Isabel que había dado unos pasos a su encuentro.

—Hola Rosy

—Hola ¡qué bonito lugar!

A Isabel no le gustó lo que dijo Rosy, porque sabía que estaba mintiendo, porque ya conocía el lugar, John le había contado que antes de que ella llegue la había traído a conocer la casa. Lo que John no le había contado era que con Rosy también venía una joven que ahora ya no estaba en el campamento, pero que por aquella época salía con Livio. Para John, esa era una carta escondida que no sabía si la utilizaría.

—Esto te envía el doctor Franklin. Cuando pasé ahora por su consultorio y supo que me venía por acá cerca, por la playa, con Rosy, me encargó que te las diera.

—No sabía que tenía que enviarme nada. Aún tengo de las que me dio.

—Estas son las últimas que han llegado dice y que son mejores que las otras.

—¿Pero son las mismas?

—Sí, las mismas. Es más, a mí también me las ha recetado, porque fui a verlo debido a que tengo pesadillas recurrentes.

Pasaron como dos horas, durante las cuales Isabel preparó una receta que le había enviado Ambrosia de unas empanadas de queso de cabra. Rosy no se cansó de alabar el buen gusto de Isabel y la belleza del lugar.

Cuando los vieron partir, Isabel le dijo a su marido:

—No hacen buena pareja.

—Pero antes pensabas que sí.

—Porque no la había tratado mucho o de manera más íntima. Yo sé lo que digo. No quiero que John se case con ella y luego la tengamos que soportar en nuestra mesa.

Cuando ya faltaban pocos días para cambiar sus vidas, Livio empezó a recaer, las cápsulas del doctor Franklin parecía que eran menos efectivas cada vez.

Para los extraños, el comportamiento de Livio era el de siempre, pero no para Isabel que conocía de él cada detalle, se había vuelto callado, extremadamente dócil, diligente, pero sin brillo, sin ideas propias, siempre ocupado haciendo algo, con tal de no hablar con ella. Aunque no alcanzaba el grado de gravedad como perder la consciencia de lo que hacía. Pensó que tendría que llevarlo otra vez al hospital.

# Capítulo XV

Esa semana la pasarían en el pueblo. Isabel había quedado con su amiga Beatrice en confeccionarse unos vestidos a partir de unos figurines recién recibidos de New York, mientras Livio salía a trabajar y John había vuelto a invitarle las sodas al final de la jornada o a la hora del almuerzo. Un día en el que estaba haciendo mucho Livio consumió más de dos botellas, aprovechó que John se alejó de la camioneta donde guardaba su provisión. Cuando John se percató que su amigo había consumido más de la cuenta, se preocupó al inicio, pero luego se tranquilizó, pues recordaba que se necesitaba el equivalente de cuarenta flores para matar a alguien, y además al contrario podía ayudar a su propósito, ahora que se le acababa el tiempo. El problema fue que, de todos modos, había sido demasiado y al parecer Livio empezó a tener alucinaciones en la oficina antes de salir a su casa.

—Isabel ¿dónde está Isabel? —dijo de pronto levantando la mirada desde unos planos que tenía desenrollados sobre una mesa inclinada. Dos empleados que también estaban en la oficina lo miraron extrañados. John sospechó de inmediato que era causa de la sobredosis, pero con toda tranquilidad le dijo:

—Está donde Beatrice o en tu casa.

—Corre peligro —dijo Livio sin mirar a nadie.

—¿Qué peligro puede correr?

—Corre peligro, debo ir a verla —dijo Livio y se volteó hacia la puerta de salida.

—No amigo, te estás confundiendo. Vamos siéntate un momento —dijo John, al tiempo que lo tomó de la cintura para guiarlo a un sillón de la antesala, pero Livio se soltó con rudeza y salió corriendo. Los otros dos hombres dejaron de hacer lo que estaban haciendo para mirarlos. John salió detrás. Ya no lo alcanzó y solo lo observó alejarse por la calle en dirección al campo. Al comienzo no se imaginó para dónde se estaba dirigiendo, hasta que cayó en la cuenta de que en su confusión iba por Isabel al Juncal, pues su casa, o la de Beatrice, estaban hacia el otro lado. Livio se había ido en su carro, que habitualmente estacionaba en el exterior de la oficina, quedaba ahí la de la empresa que utilizaban para ir al campo de exploración, en este vehículo John se fue a buscar a Isabel para informarle lo que había sucedido.

—Otra vez —dijo Isabel—. ¿Qué vamos a hacer?

—No sé. Ir a buscarlo.

—Eso es —Isabel jaló la puerta de su casa y corrió hacia donde estaba estacionada la camioneta. John la siguió corriendo también.

A la salida del pueblo les confirmaron que Livio iba en camino del Juncal a toda velocidad.

# Capítulo XVI

## 1

Demetrio había ido a la huerta a alimentar la vaca, cuando vio que por la carretera se acercaba un coche a toda velocidad. Una nube de polvo lo seguía hasta que llegó a la curva antes del desvío a la casa. Desde que lo vio aproximarse dejó de caminar y observó lo que ya veía inevitable. Se escuchó un estruendo y una polvareda cubrió al vehículo. Demetrio amarró al animal al tronco de un tamarindo y bajó corriendo, pues antes de estrellarse había reconocido al carro de Livio. Se imaginó que Isabel también estaría en él. Luego diría que nunca había corrido tan rápido y con tanta desesperación, como en aquella tarde. Cuando llegó donde estaba el vehículo, este humeaba y el vapor del radiador hacía ruidos extraños, el agua mezclada con la gasolina mojaba la tierra rojiza. Miró en el carro que había quedado como a cinco metros de la roca que sobresalía en la carretera, pero no encontró ningún cuerpo, eso le hizo pensar que se habían salvado, pero al mirar por el otro lado descubrió a un hombre tirado boca abajo. Demetrio pensó que estaba vivo, le dio vuelta y comprobó que era Livio, no daba señales de vida. Puso su oreja en el pecho, y al no sentir los latidos del corazón, concluyó que estaba muerto; buscó entre los arbustos y luego en el otro lado de la carretera y no había nadie.

Volvió al lado del cuerpo inerte y no pudo evitar que un sollozo se le salga de lo más profundo del corazón. Sin atinar qué hacer, se quedó sentado, con las piernas extendidas en el suelo y con el tórax abatido y la cabeza gacha tocándose el pecho con la barbilla, mientras sus brazos se apoyaban tirados hacia atrás. Así estaba cuando escuchó un grito de mujer a sus espaldas, se imaginó que era Isabel a quien no había encontrado en su búsqueda de sobrevivientes. Se incorporó, se resbaló sobre las yerbas secas de la pendiente y gateando intentó llegar hasta el borde la carretera.

—¡Demetrio! —era la voz de Isabel.

Demetrio aún con las manos apoyadas en la tierra miró en la dirección de dónde venía la voz y vio a Isabel que se acercaba; y detrás de ella a John.

—Doña Isabel está usted bien gracias a Dios —dijo Demetrio con los ojos llenos de lágrimas.

Entendió que no habían estado en el accidente.

John bajó para ayudarlo a ponerse de pie.

—¿Y mi esposo? —dijo Isabel, Imaginando lo peor por el estado en que se encontraba el coche y por las lágrimas de Demetrio.

—Está allá, al otro lado.

Isabel se lanzó en dirección del vehículo. John soltó a Demetrio y se fue detrás de ella. Al otro lado en la ladera estaba Livio, boca arriba como lo había dejado Demetrio. Isabel empezó a presionarle el pecho para reanimarlo. John la imitó y le dio respiración boca a boca, logrando que empiece a salir sangre por las comisuras de los labios del yacente. Isabel no se cansaba de decir:

—No, no, no.

—Ya no hay nada que hacer —dijo John, con los ojos húmedos y enrojecidos.

—¿Y ahora qué voy a hacer? —dijo Isabel sollozando desconsolada.

—Tranquilizarte y prepararte para lo que viene.

—¿Qué vamos a hacer con el cuerpo? No lo podemos dejar aquí.

—Hay que avisar a la policía.

—¿Quién lo va a hacer?

—Yo.

—¿Y el cuerpo?

—Se encarga Demetrio. Tú deberías venir conmigo.

—No, yo prefiero quedarme con Demetrio —dijo decidida Isabel.

—Es mejor que vengas conmigo para hablar con la policía.

—¿Y qué vamos a decir?

—¿Qué vamos a decir? La verdad. Diremos que sin motivo aparente tomó su coche y salió a toda velocidad.

—¿Sin motivo aparente? Y ¿Tú que hiciste? ¿Lo trataste de detener?

—Sí pero no se dejó.

—No quisiera que se pensara otra cosa.

—Hay testigos que saben que tenía problemas.

—Está bien, pero yo me quedo con Demetrio. Es mi deber.

## 2

John avisó a la policía del pueblo y volvió guiándola y por Isabel. Ya muy tarde, cerca de la medianoche, recogieron el cadáver. Demetrio dio su versión de cuando lo vio venir por la carretera hasta estrellarse y cómo fue que encontró al cuerpo y en qué momento llegaron Isabel y John. Los dos hombres de la oficina de Livio declararon cómo fue que salió en su coche. Varias personas dijeron que en otras ocasiones también había tenido un comportamiento errático. El doctor Franklin dijo que sufría de arranques esquizofrénicos y que le había recetado unas cápsulas que según su propia declaración y la de su esposa le estaba yendo bien. El caso se consideró como accidente de tránsito.

Los padres de Livio no vinieron a llevarse el cuerpo de su hijo, tampoco al funeral, porque el padre había enfermado y decidieron ocultarle la noticia. El cementerio del pueblo de Negritos fue el lugar escogido para que descansen los restos. Lo velaron en una casa de la empresa para tales propósitos

Después del funeral, a Isabel no le quedaba más camino que el de volver a Texas, pero sus amigas la convencieron para que se tome un tiempo en pensarlo y le ofrecieron ayuda para que empiece a trabajar en la empresa. Aceptó el empleo por dos años, hasta que pueda exhumar los restos de su esposo para al fin llevarlo a descansar a su tierra tal como había quedado con sus suegros, pero las cosa no sucedieron así, porque un mes después se enteró de que estaba embarazada.

Ella desde que vino se cuidaba con el método Ogino-Knaus, que en una plantilla le indicaba los días prohibidos. Sin embargo, no se sorprendió cuando le anunciaron el resultado de la «prueba de la rana», que era el método estándar para esos casos, porque ya venía experimentando los síntomas. El embarazo se había producido por descuido luego de que Livio volvió a la normalidad con las recetas del doctor Franklin; y faltándoles tan poco para irse. Trabajó cinco meses en la empresa y viajó a su país para dar a luz allá, el viaje lo hizo en uno de los primeros vuelos de *Panagra*, una empresa norteamericana de aviación que aterrizaba en el mismo pueblo petrolero.

## 3

Tras el entierro de su esposo, Isabel se trasladó a su casa del pueblo. John se encargó del cuidado de la casa del Juncal y todos los días pasaba a informarle cómo estaban las cosas por allá y a tratar de convencerla para que vuelva, antes de que la trasladen a un cuarto para solteras, ahora que había fallecido su esposo, lo que no pasó debido al embarazo. Las diarias visitas de John hicieron que algunas personas empezaran a imaginarse cosas y como secuela de esto, su amiga Beatrice llegó a decirle:

—¿Por qué no te casas con John?

—¿Con John? Huy, no —respondió de inmediato Isabel con una mueca de desagrado.

—¿Por qué no? Si son amigos desde la adolescencia, según tú misma dijiste.

—Sí, pero casarse es otra cosa. Sería como hacerlo con el hermano de Livio.

—No es extraño que la viuda se case con su cuñado, en algunas culturas es la regla.

—No en mi caso.

Le pareció tan extraño hablar de volver a casarse, habiendo pasado tan corto tiempo. Referirse a su esposo y no sentir nada, es decir como si nada hubiera perdido.

Se tomó los meses que trabajó en la empresa para decidir lo que debería hacer. Finiquitar todo lo que tenía que ver con Livio, liquidación de enseres y de la parte de la casa de campo; y partir para no volver más, o dejar abierta la puerta para algún posible retorno. Para cuando venga por los restos de Livio. Decidió lo último. Encargó el cuidado de la casa del pueblo a John. De la del Juncal le vendería la mitad de su esposo, cuando vuelva de Texas. Obtuvo un permiso por maternidad y se fue con la esperanza de regresar con su hijo a seguir trabajando tal vez por el tiempo necesario para que autoricen la exhumación según le dijeron, y ahí sí, cerrar todo el capítulo y volver a su tierra con el cuerpo de Livio, llevarlo era un compromiso que se había impuesto, era lo único que ya podía hacer por él.

# Capítulo XVII

## 1

Pero no fue fácil volver. Isabel lo hizo dos años después, a pesar de los apremios de John para que venga a ver su propiedad, y su empleo que la estaba esperando. Llegó en barco, un tres de mayo, y John la fue a recoger al puerto de Paita. Le pareció más hermosa que cuando partió, aunque no sabía por qué, tal vez por la serenidad y casi indiferencia con la que se conducía, o por su vestido, sencillo, sin adornos, ni lazos, ni sombrero, ni guantes, aunque mantenía el color negro, pero con las mangas cortas y la falda a las rodillas y en lugar de escote un cuello redondeado y cerrado por tres botones. Él también se había vestido para la ocasión, con pantalón *beige,* sostenido con tirantes marrones; camisa blanca y una chaqueta del mismo color del pantalón, brillantes zapatos y un sombrero de paja de ala corta. El encuentro fue frío para tratarse de amigos de mucho tiempo y haber compartido una desgracia reciente. En lugar de alegría se notaba resignación como si dos hermanos se hubieran reunido para asistir al sepelio de la abuela.

El verano había venido con muchas lluvias. En el pueblo todavía quedaban pequeñas lagunas como consecuencia de ellas y el desierto se mostraba recubierto por partes con pequeñas matas verdes, lo mismo que en los bordes de las calles. Se hospedó en la casa de Beatrice y dos días después, el lunes, empezó a indagar sobre los trámites para trasladar los restos de su esposo a su país. Tendría que ir a la capital de la provincia. John se ofreció a llevarla. La respuesta se la darían en dos semanas, después de que presente una lista de documentos, con la solicitud respectiva. Volvieron dos días después con lo requerido. Los dos días siguientes de esa semana los empleó oficializando la entrega de la casa del pueblo y regaló o remató las cosas que para desocupar la casa las habían guardado en un almacén. John cargó en la camioneta algunas que Isabel quería dárselas a Demetrio y con ellas viajó al Juncal.

Cuando tomaron el desvío, la carretera se internaba bajo la sombra de unos algarrobos como en una alameda. Al avanzar las laderas y los llanos se cubrían de verde y por la ventanilla entraba un agradable aroma a hierba fresca. A Isabel la asaltaron los recuerdos. ¡Cuántas veces había recorrido este camino con Livio!

2

Cuando se acercaron al Juncal los recuerdos se hicieron más intensos y nítidos que por un momento sintió que no habían pasado los años, que todo seguía igual. Una leve sonrisa se dibujó en sus labios y volteó a mirar a John y el rostro se le endureció.

Estaban frente a la casa y John giró y tomó el camino ascendente. Aquí también todo el campo y la misma huerta estaban cubiertos de un verdor exquisito, aunque esta última algo descuidada con montes y enredaderas silvestres creciendo a su antojo.

—Hasta el campo se ha preparado para recibirte —le dijo John cuando se aproximaban a la casa, tratando de halagarla.

—No digas tonterías. Solo he venido por algunos recuerdos para los padres de Livio y por negocios —dijo Isabel, que no deseaba que John se haga ilusiones.

—Me gustaría que te quedes, aunque sea por un tiempo. Eso es lo que deseo con toda el alma —dijo John insistiendo.

—Eso no es posible. Ya aquí no hay nada para mí. Tú sabes que nunca quise venir a estos sitios. Solo lo hice por Livio, porque lo amaba mucho.

—¿Ya no lo amas?

—Ya está muerto John. Solo he venido a llevar su cuerpo a sus padres y a su tierra; y a traspasarte esto. Te pido que me ayudes con los papeles para volver lo más pronto. Mi hijo me espera. ¿Puedes hace que venga Demetrio?

Junto con Demetrio, vino Ambrosia se abrazaron como amigas entrañables y ambas no pudieron contener las lágrimas, pero no se dijeron nada.

—Demetrio, a Livio le hubiera gustado que tengas esto —dijo Isabel y le señaló las cosas que estaban en la camioneta.

—Muchas gracias, señora, es para mí un honor.

Isabel volteó a mirar a Ambrosia y le tomó la mano y al oído le dijo:

—Ven.

Y se la llevó corriendo al otro lado de la casa como si fueran dos chiquillas jugando.

—¿Te gustaría quedarte con algunos de mis vestidos?

—¿Y usted?

—Tengo muchos y no me los puedo llevar todos.

—Así, sí.

—¡Esperen un momento! —gritó Isabel desde el porche a los hombres que estaban ocupados descargando la camioneta.

Subieron al segundo piso.

Ya arriba en la habitación de Isabel:

—Ahora amiguita, escoge —le dijo a Ambrosia, abriendo un ropero con vestidos colgados.

—Dígame usted. Es que me da vergüenza.

—Entonces yo escojo.

Únicamente dejó dos vestidos en el ropero. Con los demás hizo un atado que bajó Ambrosia.

Abajo ya habían descargado la camioneta y John estaba listo para regresar al pueblo.

—¿Ya no la volveré a ver? —dijo Ambrosia.

—Todavía. Un día antes que me vaya para siempre, volveré para disponer de las cosas de Livio y para despedirme.

# 3

Sintió una mezcla de tristeza y alivio alejarse de la casa. Le hubiera gustado dejarle a Ambrosia el piano, pero ya se lo había ofrecido a Beatrice. Todo el resto del amoblado de la casa era del nuevo y único propietario, John.

Recostada en el asiento y con el brazo apoyado en el borde de la ventanilla, miraba pasar ante sus ojos los mismos paisajes que solo vería una vez más.

—¿Por qué no aprovechas y conoces algo de este país antes de volver para siempre? —dijo John de improviso.

—Solo he venido por Livio. Es lo único importante aquí para mí.

—Yo insisto, en que deberías hacer un viaje a Lima y a Cusco. Por unos quince días, mientras esperas las autorizaciones para el traslado.

—Solo hay que esperar dos semanas.

—Yo me imagino que demorarán un poco más, al no depender de las autoridades del pueblo, si no del condado, o provincia como se llama acá.

—Más de tres semanas es mucho tiempo. Tal vez deba considerar tu propuesta, después de todo.

—Yo te acompaño.

—¿Contigo? De ninguna manera. Pero creo que tienes razón, haré ese viaje, así también me alejo de todo esto, que equivocadamente, pensé que me gustaría volver a ver.

La noche ya caía sobre el pueblo cuando llegaron a la casa de Beatrice.

Luego de quitarse el polvo del camino con un refrescante baño, se reunió con la dueña de la casa y su familia en el comedor.

—Pasado mañana, si encuentro pasaje, partiré a Lima y Cuzco, para aprovechar el tiempo de esperar la autorización —dijo Isabel a toda la familia reunida, Beatrice, su esposo y dos niños.

—Me parece bien, amiga. Este pueblo te debe resultar muy triste.

—Lleno de recuerdos. Y antes que me olvide, hay que mandar a traer el piano al Juncal.

—Gracias, querida —dijo Beatrice tomándole la mano.

—Está bien. Aprovecharemos mañana que es domingo —dijo el esposo— hablaré con John.

—Él ya está enterado. Pero avísale para que los espere —volvió a hablar Isabel.

—No te hubieras molestado, amiga —dijo Beatrice de nuevo.

—Es mi deseo que mi mejor amiga, tenga el mejor regalo que me hizo Livio.

—Que en paz descanse —dijo Beatrice y se persignó. Isabel dijo e hizo lo mismo.


4


Al día siguiente, casi al anochecer llegó el piano, Joe, el esposo de Beatrice sudó la gota gorda hasta dejarlo en el lugar previsto y al lograrlo sonreía con sus labios delgados, sus ojos celestes, sus rulos rubios, su metro ochenta y sus noventa kilos; y sudando como un caballo.

Beatrice le hizo prometer a su amiga que más tarde, después de la cena, los deleitaría con una de sus ejecuciones.

Isabel así lo hizo.

Toda la familia reunida alrededor del piano esperaba ansiosa en inicio del concierto. Isabel los miraba enternecida.

—Voy a tocar dos piezas —dijo al fin— aquí va la primera.

Había escogido *Serenade* de Schubert, con arreglos de Liszt. Parecía que la tristeza de la música competía con la de su corazón, pero en su rostro no se movía ningún músculo, había congelado una expresión de tristeza. Cuando terminó se quedó en la misma posición. La familia no sabía si aplaudir o consolarla. Beatrice miró a Joe, cuando Isabel empezó su segunda pieza. Esta vez era el *Nocturno 20* de Chopin. La pianista ya no se quedó quieta, ahora movía su cuerpo con la melodía y pronto sus lágrimas caían algunas en su regazo y otras en el piso hasta que terminó de tocar. Se quedó quieta, con los brazos caídos a los costados y la mirada fija en la partitura. Los dueños de la casa se acercaron y Beatrice abrazó a su amiga por la espalda.

—Perdón —le dijo.

—No. Está bien. Disculpen por hacerlos partícipes de mi tristeza, que en verdad ante muy pocos he hecho evidente.

Se puso de pie y se abrazó con la pareja.

—Gracias —dijo, y se retiró a su dormitorio.

Al día siguiente les telegrafió a sus padres, y dos días después se despidió de su amiga Beatrice y viajó a conocer la capital peruana y también la que había sido la capital del imperio incaico. Le permitió a John, que la acompañe hasta la sala de espera del aeropuerto del pueblo. Cuando al fin el avión se elevó y pudo ver por la ventanilla el campo petrolero con sus castillos; y sus vehículos yendo de un lugar a otro, se sintió aliviada, al mismo tiempo que asustada en el pequeño avión Douglas DC-3 con sus veintiún asientos ocupados por igual número de personas entre sorprendidos y asustados como ella, pero tratando de comportarse con dignidad ante el miedo.

El viaje le ayudó a sobrellevar la espera de la burocracia en el tema de la autorización para llevarse el cuerpo de su marido, porque en el pueblo no lo hubiera tolerado, y especialmente el cariño servil de John.

# Capítulo XVIII

## 1

Cuando volvió, todavía no habían expedido la autorización, tal como le dijo John cuando la recogió del aeropuerto y la invitó a que fueran a la casa del Juncal, a firmar los papeles de la transferencia de la casa y a disponer de las últimas cosas de Livio, como habían convenido. Ella, además, también quería cerrar este capítulo que le apenaba y disgustaba tanto, lo mismo que recoger algunas cosas, recuerdos para los padres de su esposo y alguna fotografía para que su hijo reconozca a su padre más adelante. Partieron directamente, desde el aeropuerto a la casa, con todo el equipaje, para aprovechar el día. Era en esos momentos algo más de las dos de la tarde, tenían el tiempo justo para ir y venir antes del anochecer. En el pueblo se hospedaría en la casa de su amiga Beatrice, como al partir.

Una vez en el Juncal, descendió del vehículo y se dirigió a paso rápido, sin mirar a ninguna parte que no sea la escalinata por la que tendría que subir. John fue detrás de ella y corriendo llegó hasta la puerta y la abrió para que pase Isabel, esta, sin mirar el interior, volteó hacia las escaleras que la llevaban a su dormitorio, sintió los pasos de John detrás de ella.

—John, espérame en el porche —dijo deteniéndose y volteando apenas la cabeza, para mirarlo de reojo.

—Te quiero ayudar —dijo John, tratando de parecer sumiso.

—Esto es algo personal, por favor ten consideración.

John se sintió avergonzado y se regresó al porche.

Isabel recién reanudó su ascenso cuando se aseguró que John no la seguiría. Entró a su dormitorio y aquí sí, lo miró todo, girando en el mismo sitio vio las paredes blancas, la puerta, las ventanas aún con las cortinas que ella misma había hecho, el piso de madera y debajo de la cama todavía un par de zapatos de Livio. Suspiró profundo y empezó a embalar las cosas que pensó le gustarían tener los padres de Livio. Ella no quería ningún recuerdo de su esposo, ni siquiera las fotos, tan solo una, donde aparecía él solo, para su hijo. A veces, y sin motivo aparente, se sentía culpable; y los recuerdos se hacían dolorosos.

Cuando estuvo lista, bajó hasta el porche y desde allí barrió con la vista como con un rayo de luz sobre toda la propiedad y suspiró, al parecer esa era su forma de despedirse. Luego con un movimiento enérgico volteó a mirar a John que la observaba sentado en un sillón de ahí mismo, donde la había esperado a que termine de acomodar sus cosas.

—Nos vamos. Ayúdame con lo que he juntado en mi habitación. Mientras yo voy a despedirme de Ambrosia.

—Ambrosia no está.

—Entonces de Demetrio.

—No hay nadie. Se han ido a la ciudad.

—Bien. Entonces toda la ropa y cualquier otra cosa de Livio, entrégasela a Demetrio. La cama y la ropa de cama, quémalos, por favor.

John, obediente subió hasta el dormitorio y bajó con dos pequeñas maletas de cuero.

En ellas Isabel llevaba los recuerdos para James y Helena, los padres de Livio. La foto para su hijo la llevaba en su cartera.

—Me gustaría que te quedes, al menos esta noche. Después de todo esto también es tu casa —dijo John depositando en el piso las maletas.

—No, John. No es cierto. Esto nunca fue mío. Ni lo desee jamás. Esto es tu obra. Pero yo no soy parte de esto, ni esto es parte de mí. Ahora sube las maletas a la camioneta.

—¿Cuál es la prisa? Sin los papeles no podrás hacer nada.

—Me quedaré con Beatrice y si demoran mucho le encargaré a ella y a la oficina de personal que lo hagan por mí.

—Tu desesperación por irte, seguramente es porque alguien te espera allá.

—Sí, mi hijo, mis padres y mi hermana Dominique.

John, inesperadamente se acercó a ella, haciendo que esta retrocediera sorprendida, y se arrodilló en el piso.

—Quédate, te lo suplico —dijo John con las manos juntas como en un ruego.

—¿Qué estás haciendo? No seas ridículo, John.

—No te vayas, por favor.

—Aquí ya no tengo nada que hacer. Ya lo sabes. No me embaucarás como a Livio.

—Hazlo por mí.

—¿Por ti? ¿por qué lo haría por ti?

—Porque te amo.

Al fin lo había dicho. Toda una vida queriéndolo hacer. Mientras Isabel andaba por Lima, él ensayaba todos los días la manera cómo le diría eso. Al final no fue como ninguna de las ensayadas, pero se sintió liberado y al mismo tiempo muy asustado de escuchar la respuesta que más temía. De escuchar esta respuesta:

—Ja, ja, ja. ¿Y qué te hace suponer que yo también te amo?

—Porque lo he visto en tus ojos —dijo, poniéndose de pie.

—Dices tonterías. Si te he tolerado en nuestra cercanía ha sido porque cuando éramos adolescentes dijimos que no nos separaríamos nunca, claro que era una estupidez, pero por esa costumbre de respetar cualquier acuerdo me quedé callada —Dijo Isabel mientras jugaba nerviosamente con su parasol.

Estaba siendo deliberadamente brutal. Quería borrar de la mente de John todo sentimiento que le pudiera parecer afecto, ya que cualquier relación le resultaba despreciable, desde que aquel podría ser como un hermano, pero jamás como un amante.

—¡Ahí está! La promesa sigue en pie. Tú lo acabas de decir. ¿Por qué romperla ahora? Aún podemos reconstruir nuestras vidas.

—¿Reconstruir nuestras vidas? ¿cuáles vidas? Yo continuaré con la mía, con la tuya has lo que quieras. Crees que después de lo que ha pasado ¿yo podría vivir contigo?

—¿Acaso me estás culpando de la muerte de Livio?

—No sé qué habrás hecho, pero creo que tú nos manipulaste a todos, de alguna manera, tú y no sé qué cosa.

—¿Y me lo dices en mi cara, aquí en mi casa? —dijo John, sentándose en el sillón ubicado en una de las esquinas del porche desde donde la miró levantando la barbilla, bajando los párpados y frunciendo los labios, que le causó escalofríos a Isabel, pero esta aun dijo:

—¿Me estás amenazando?

—No, claro que no. ¿Cómo podría amenazar a mi futura esposa?

Ahora se sonreía con los labios apretados y la mirada fija.

—¿Tu esposa? Ja, ja, ja. Mírate, si adquiriste algún valor fue por Livio y por mí. Nosotros te hicimos visible y tú en cambio nos servías. ¿No es eso lo que has hecho siempre? —dijo Isabel, mirándolo también a los ojos como para intimidarlo.

—Lo que tú necesitas es cerrar la boca y un poco de rigor, el pobre diablo de tu marido fue incapaz de hacerlo.

—¿Y tú me vas a poner rigor? Siempre has sido un pobre debilucho, que, sin Livio, jamás hubieras sobrevivido.

—No se necesita ser muy fuerte para ganar una batalla y no creo que tú resistas mucho dolor, además querrás ver otra vez a tu hijo.

John se levantó y quedó de pie delante del sillón. Con una mano en el bolsillo del pantalón como dando a entender que tenía un arma. Ella de pie ente la escalinata y la puerta de entrada a la casa. Se miraron desafiantes. John no se amilanó y empezó a caminar al encuentro de Isabel. Ella intuyó que estaba en peligro.

—Detente. No sigas. Te pido disculpas si te he herido. Sigamos hablando por favor —dijo asustada.

La estrategia de intimidarlo no había funcionado y ahora temía lo peor. Era mejor no seguir por ese camino.

—Te disculpo, pero te aconsejo que no me vuelvas a faltar el respeto —dijo John sin avanzar.

Tenía la mirada extraviada, una risa torcida, burlona, amenazante, parecía haber tomado todo el control. Isabel ya no tuvo dudas de que corría peligro y que John había enloquecido igual que Livio. ¿Estaba drogado? ¿Algún tipo de droga que han estado consumiendo sin que ella lo supiera? Se preguntó en medio de la preocupación que le causaba la actitud de John.

—No lo haré. Aceptaré lo que me propongas, pero cálmate, te lo suplico —dijo Isabel tratando de darle a su voz un tono dulce.

Pero mientras decía esto, su cerebro no paraba de pensar en la manera de escapar. Tal vez correr hasta la casa de la familia de Ambrosia, pero John le acababa de decir que allí no había nadie.

—¿Quieres vino? —dijo Isabel, tratando de ser convincente.

Si el hombre aceptaba, esperaba ir a buscar una botella a la casa del vino y desde allí aprovechar la ventaja para correr a la casa de Ambrosia.

—¿Vino?, no. Te quiero a ti —dijo John que se había vuelto a sentar y ahora estaba desparrancado en el sillón, con aire de triunfo.

—Todo es mejor con una botella de vino, dicen —dijo ella tratando de ser natural.

—Bueno, está bien, pero no demores y no pienses que te puedes escapar.

—¿Es que estoy retenida?

—Por supuesto que no. Estás en tu casa, en nuestra casa ¿sabes que yo he trabajado más en esta casa que tu exmarido?

—Te lo agradezco, John —dijo Isabel y bajó la escalinata para dirigirse a la casa de los vinos.

Cuando pasó del otro lado de la balaustrada, John, con las manos simulando garras, abrió la boca como en un mordisco:

—¡Guau! Apúrate mi gatita.

## 2

Isabel no dijo nada. Sintió repugnancia; y en lugar de ir por la botella de vino, caminó hacia atrás de la casa y volteó hacia la puerta de la cerca, y cuando estaba llegando a esta, una nueva oportunidad le pareció que venía a su encuentro. Un camión rojo se aproximaba y pronto pasaría frente a la finca. Abrió la reja sin hacer ruido y siguió camino abajo en dirección a la carretera.

John, inquieto por la demora, se puso de pie y al hacerlo vio a alguien corriendo camino abajo. La reconoció. También vio al camión. Se apresuró a ir tras ella y llegó hasta la puerta por donde había salido. Comprendió que no la alcanzaría antes de que llegue a la carretera. Desistió de seguirla corriendo a pie tras ella y fue por la camioneta. Mientras tanto Isabel estaba llegando a la carretera, pero por mucho que corrió y gritó, parecía que el chofer no se percató de su presencia; sin embargo, no se dio por vencida y gateando trepó hasta el borde del camino cuando ya el camión había pasado, aun así, levantó las manos y gritó:

—¡*Hey*! ¡*Stop*!, ¡*stop*!

El camión se detuvo, en medio de una nube de polvo.

—Qué suerte. Gracias a Dios —dijo Isabel en voz alta.

Al parecer la habían visto por el espejo retrovisor.

Se fue corriendo hacia el camión con su vestido negro y su sombrero recubierto de encajes del mismo color sujeto al mentón, pero el camión reemprendió su marcha.

—¡Stop! ¡Deténgase! Por favor …

El camión se siguió alejando y aún pudo ver las luces rojas de los frenos, atenuadas por una nube de polvo.

Quedó en medio de la carretera con los brazos caídos llena de decepción y amargura.

A sus espaldas escuchó el motor de la camioneta. Giró sobre el mismo sitio y como en una visión se le mostró la cruz de Livio, al borde de la carretera. Con la falda levantada con una mano, intentó llegar hasta la lomita donde estaba clavada. La falda se le enredaba en los montes y arbustos. Cuando ya estaba a centímetros de tocar la cruz, llegó John y la intentó sujetar de la cintura. Ella se volvió y lo empujó haciéndolo trastabillar

—¡Él ya no te puede ayudar! —dijo John, señalando la cruz.

—¡A ti tampoco, John! —le gritó Isabel.

Entonces John cambió de tono y simulando serenidad le dijo:

—Te conviene quedarte tranquila, porque si te vas, te buscaré y te mataré. Ya nada me importa. Desde ahora viviré solo para eso. Cuando acabe contigo iré por tu hijo.

—¿Cómo te atreves a amenazarme aquí? ¿a profanar la memoria del que te consideraba su mejor amigo?

—El mundo es de los que se atreven y solo ellos conquistan a las mujeres que quieren, por más distancias que los separen; y tú eres la mujer que yo quiero.

John dijo esto con los dientes apretados y la boca retorcida. Isabel vio la locura dibujada en su rostro sudoroso. Transpiraba a chorros. Esto la ratificó en su creencia de que corría gran peligro.

—Está bien, John. Está bien —dijo haciendo señales de calma con las manos.

Lo que aprovechó John para tomarla de una muñeca y jalarla hacia la camioneta.

La intentó introducir en la cabina, pero ella se resistió empujándose con los pies apoyados en la carrocería. A lo lejos se escuchó como el sonido de un cuerno. John dejó de empujarla y aguzó el oído. Al escuchar de nuevo al cuerno, la soltó. Sabía que era un llamado que usaban los campesinos.

—Te están viendo, John —dijo Isabel al tiempo que se arreglaba el vestido y miraba en varias direcciones tratando de ubicar a las personas que habían tocado el cuerno.

—Estoy armado.

—Ellos también.

—De acuerdo, te llevaré para que recojas tu equipaje. Y ¿Sabes qué? Ya me cansé de estos juegos. Tú ganas. Renuncio a ti. Te ayudaré para que viajes a Texas. Me olvidaré de ti —dijo inesperadamente John.

Isabel lo miró con incredulidad y desconfianza.

John volvió a hablar:

—Ahora sube, volvamos a la casa y luego te llevaré donde tu amiga Beatrice, hasta cuando estés lista para irte. Yo mismo te llevaré al puerto, si así lo quieres.

Isabel no creía en el cambio repentino de John, lo estaba haciendo por temor a los campesinos. Sabía que si volvía a la casa corría grave peligro. Pensó en su hijo. Tenía que regresar para él. No esperaría la exhumación del cuerpo de Livio.

—Está bien, pero ve tú por las cosas que yo te espero aquí —dijo y se alejó de la camioneta.

—Pero si ya te dije que te llevaré a la casa de tu amiga.

—Sí, ya lo dijiste, pero también has dicho que me buscarás para matarme.

—No confías en mí, está bien. Solo no se te ocurra pedir ayuda a esos campesinos, porque estoy armado.

—La confianza se gana.

—Bien. Ahora sube allí donde te pueda ver—le señaló la loma de la cruz de Livio.

—De acuerdo, subiré —dijo Isabel haciendo un gesto de resignación.

Miraba hacia la casa de Demetrio, oculta a su vista desde ahí ¿habrá sido él? ¿la podrían ayudar? ¿Y si John les disparaba? Esto podía terminar en una tragedia. Mejor seguirle el juego y en el pueblo, buscar protección de la policía.

# Capítulo XIX

Cuando John volvió con el equipaje, le abrió la puerta sin descender de la camioneta.

—No, John.

—Pero en eso habíamos quedado.

—No confío en ti John. Qué seguridad tengo de que me ataques cuando ya no te vean los campesinos.

—Tendrás que confiar en mí.

—No, John.

—Entonces. ¿Qué hacemos?

—Entrégame tu arma.

—No tengo arma.

—En el bolsillo de tu pantalón.

—¿Y qué garantía tengo yo de que no me dispararás?

—Porque no habría motivo. Solo quiero llegar a la casa de Beatrice y ahí estaré segura. Yo no quiero hacerte daño, John.

John se quedó callado. Ella seguía en el suelo, esperando.

—Está bien.

Se metió la mano a un costado y al hacerlo quedó al descubierto la cacha de una pistola en su funda, al parecer cuando regresó se había colocado una cartuchera.

—Despacio, John —dijo Isabel, cerró la puerta, orientó el espejo retrovisor de ese lado, ocultó su rostro tras la parte posterior de la cabina y extendió la mano hacia adentro.

—Ponla en mi mano, John —volvió a hablar Isabel.

John, hizo lo que le dijo. Isabel no supo de dónde sacó tanta sangre fría para doblegarlo.

Con la pistola en la mano, ella subió y se arrellanó en el asiento con toda naturalidad.

—Ten cuidado —dijo él— cuidado se te dispara.

Ella no contestó. Quería mantener la apariencia de fortaleza. Temía que, si John la veía débil, le tendría menos consideraciones.

—Ahora nos vamos —dijo John, también tratando de verse sereno.

Isabel no dijo nada. Miró por última vez la colina.

—En la guantera hay unas sodas, abre una para mí y otra para ti. Ahí también hay un abridor —dijo John cuando habían recorrido unas decenas de metros.

—Muchas gracias, John —dijo Isabel modulando la voz para que también se le vea serena, sin miedo, y lo miró. Luego abrió la guantera y sacó una por una las dos sodas y el abridor que fue colocando en el espacio libre del asiento entre ella y John. Puso la pistola en su regazo y abrió la primera botella que se la alcanzó a él primero, luego su propia botella. Volvió a tomar la pistola, guardó el abridor y cerró la guantera.

—Hagamos un brindis. Verás, será como parte de nuestro rito de reconciliación. Yo bebo, tú bebes ¿Entendiste? —dijo John, tan pronto vio que había terminado de destapar su botella.

—Claro John, sin resentimientos.

Hizo lo que le dijo. John tomó su botella con la mano derecha y dijo:

—Choquémoslas.

Chocaron las botellas. John se pasó la suya a su mano izquierda y se llevó el pico a los labios. Isabel hizo lo mismo, sin mirarlo, aunque debió hacerlo, porque si lo hubiera hecho, habría visto que él no tomó nada y luego saco la mano por la ventanilla y colgando descargó una cantidad del líquido. Luego, recogió la mano y mostrándole la botella, le dijo:

—¡Salud!

Ella apenas mirándolo dijo también:

—¡Salud!

Así siguieron por unas cinco veces y cuando quedaba poco contenido en las botellas, porque él lo botaba y porque ella lo bebía, John volvió a decir:

—Ahora seco volteado, como dicen por acá.

Al decirlo sonreía feliz, sin rastro de molestia. Volvió a hacer el ademán de beber y tiró el resto al borde del camino. A Isabel solo le quedó acabar el contenido.

—Bravo —dijo John enseñando su botella vacía y la lanzó lejos del camino —Para que nadie más la use. Vamos has lo mismo.

Isabel lanzó su botella que se hizo añicos al estrellarse contra una piedra.

—Excelente. Ya hemos hecho las paces y espero que también olvidado el mal momento.

—Claro, todo olvidado.

—Porque la amistad nunca debe perderse y al amor no debe obligarse, debe llegar solo, caer como la lluvia tanto su placer como su dolor, aunque yo, jajaja, creo que llegue tarde al reparto y solo me tocó dolor.

Isabel empezó a tener sueño y la voz de John la arrullaba al mismo tiempo que la molestaba, pero no tenía fuerzas para decirle que se calle.

—Recuéstate, descansa —dijo John— no tengas miedo de que yo te cuidaré, como lo he hecho siempre.

Isabel ya no lo escuchaba, tiró la cabeza hacia atrás sobre el respaldo del asiento.

John seguía hablando.

—Por ti acepté venir a este desierto engañoso. Por ti acepté que te cases con alguien que no te merecía. Por ti me mordí los labios para no gritar cuando te retirabas a tu dormitorio con él y yo sin poder dormir en ese miserable cuarto de atrás de la casa, sufriendo la angustia del amor perdido y las agonías de la duda de alcanzarte cuando te separaras de él. Todo fue porque te amo que jamás intenté darte floripondio, aun cuando esa era la solución más sencilla. Siempre me gustó tu aroma como ahora, no importaba cuál usaras, incluso me gustó cuando te pusiste esa agua de florida que no le gustaba a él.

Al fin se calló. Detuvo el vehículo y se quedó mirándola un par de minutos. Le quitó la pistola que reposaba en su regazo. Luego reanudó la marcha, despacio como para que no se despierte, pero fue inevitable. Al cabo de media hora más o menos, vio como primero recogió un poco la pierna y movió la cabeza hacia la ventanilla, justo en el momento que John volteaba a mirarla.

—¡Carajo! —dijo John con un gesto de fastidio y aumentó la velocidad.

Lo primero que sintió Isabel al empezar a despertar fue el ruido del motor y las vibraciones de la camioneta, un dolor tonto en la cabeza, como una resaca; y los deseos de seguir durmiendo. No tenía ganas de moverse. Miraba por la ventanilla pasar el borde del camino, reconoció el lugar, por una inmensa piedra redonda de la que siempre se preguntaba cómo había llegado ahí, «luego vendrá un cerco viejo», se dijo, y este apareció con sus palos negros, que le pareció que ahora eran menos. Volteó a mirar al conductor y era John y de golpe recordó todo. Buscó la pistola.

—¿Por qué estamos regresando?

Se dio cuenta de que había sido engañada, que estaban regresando.

John no contestó. Se mordió el labio inferior y la miró con disgusto.

Isabel ya en pleno juicio, lo miró con odio cuando dijo:

—¿No te cansas de jugar a la misma carta? Eres un tramposo.

—Solo voy a recoger un paquete que quiero que lleves a mis padres. ¿Qué trampa es esa?

—¿Dónde está la pistola? Me dijiste que me llevarías a la casa de Beatrice y me traes otra vez acá.

—Es que te quedaste dormida y me dio pena despertarte.

—Me quedé dormida porque algo has puesto en la bebida.

—Por favor. Son botellas selladas.

—No te creo.

—Tú me culpas de todo lo malo, cuando yo apenas quiero que te quedes aquí conmigo, o si quieres en cualquier parte, en Texas si quieres, pero conmigo. Nada más. Quiero convencerte, a las buenas, pero si eso no es posible, al menos déjame el recuerdo de una noche, eso es todo. ¡Una noche, cuando yo te he dedicado toda mi vida! Una noche para morir tranquilo y para que tú puedas irte a dónde quieras.

—¡Jamás! ¿Y sabes qué? Ya no tengo miedo. ¡Detente! Si no lo haces, salto.

No se sabe si llegó a abrir la puerta y se lanzó, o la puerta se abrió sola y se cayó. John frenó a fondo y corrió a buscarla, la encontró inconsciente y con la cabeza sangrando, aún respiraba. Como loco y con gran esfuerzo para él, la levantó y la subió al carro y enrumbó hacia la casa, no a un hospital sino hacia la casa, donde él esperaba poder curarla.

Cuando llegó, estacionó la camioneta al borde de la escalinata del porche. Para bajarla se la puso sobre su espalda y trastabillando, subió las escalinatas y luego las escaleras hasta el dormitorio matrimonial. La depositó con sumo cuidado sobre la cama. Le pareció que seguía inconsciente, pero de inmediato comprobó que había fallecido. Lanzó un grito de impotencia y la abrazó. Se quedó sentado en el piso y tomándole la mano. En algún momento se quedó dormido y soñó que todas las ramas del árbol de palo santo como innumerables dedos con garras lo señalaban mientras le decían «asesino» y se despertó aterrado y sin reconocer dónde estaba. Unos segundos después comprobó que su pesadilla era aún mayor. Isabel seguía allí muerta y él la había matado.

Esperó la noche para escarbar la sepultura. La enterró debajo del árbol de palo santo, con el mismo vestido y sin cajón. La envolvió con la sábana y la colcha de la cama.

Se retiró a su habitación con la intención de dormir un poco. Sobre la cama aún estaba una cajita de cartón blanco con una banda amarilla y varias inscripciones, entre ellas una escrita en rojo, *Sleeping Pill*. La abrió y retiró de ella un frasco color ámbar, lo destapó y se quedó mirando el contenido, varias pastillas blancas, las vació en la palma de su mano y se fue al baño, levantó la tapa de la taza, miró las pastillas y se volvió por donde había venido. De vuelta al dormitorio intentó guardar el frasco vacío en su caja, pero se le resbaló y rodó debajo de la cama. Se agachó para recogerlo, pero no lo pudo ubicar y desistió de seguir buscando, en cambió cogió la caja y puso dentro ella las pastillas y se la introdujo en el bolsillo del pantalón.

Intentó dormir el resto de la noche, pero no pudo. Se fue a sentar en uno de los sillones del porche y ahí se quedó dormido en la madrugada.

# Capítulo XX

El día siguiente fue lunes. Se presentó en su oficina como si nada importante hubiera sucedido. En la tarde, luego de cumplir su jornada se fue a ver a Beatrice.

—Te traigo un encargo de Isabel —le dijo desde la reja. No aceptó entrar a la casa, ni siquiera al porche.

—¿Cuándo regresa?

—Ya lo hizo, pero ha vuelto a partir. Ahora a Santiago y Buenos Aires. Aprovechando que todavía no le dan la autorización.

—Bien por ella. Ahora que es más sencillo viajar por avión. ¿Por qué no me visitó?

—Para no interrumpirlos en su fin de semana. Me pidió que venga a decírtelo.

—Gracias por hacerlo, porque si no me tendría muy preocupada. La envidio por hacer uso de su libertad.

—Eso es todo. Saludos a Joe. Adiós.

Tres días después renunció a su trabajo, sin dar explicaciones. Para devolver la camioneta a la empresa, revisó la guantera y entre papeles encontró una soda. La tomó en su mano y se quedó mirándola.

—¡Carajo! —dijo y lanzó la botella contra el sardinel para que se rompa, pero eso no sucedió. La recogió y la introdujo en una bolsa de yute junto con los papeles de la guantera, luego entregó el vehículo en la administración y caminando se fue a la oficina de correos para enviar un telegrama.

Cuando se retiraba luego de cumplir su cometido, el encargado le dijo:

—Espere un momento.

John se sobresaltó, sintió deseos de hacer como que no escuchaba y seguir caminando, pero se contuvo y volteó.

—¿Me habla a mí?

—Sí, a usted. Hemos recibido un telegrama para doña Isabel. ¿Se lo podría entregar por favor?

—Ella está de viaje, pero tan pronto vuelva se lo entrego, si le parece bien —dijo John, más sereno.

Una semana después regresó en su recién adquirida motocicleta *Indian Chief* del 35 a la oficina de correos a poner un telegrama a nombre de Isabel para sus padres, en él indicaba que, tendría que seguir esperando sin saber hasta cuándo. El telegrafista le tenía otro de los padres de Isabel que querían saber si no la había cogido el terremoto del día veinticuatro en Lima. John de inmediato lo contestó para tranquilizarlos.

Los que lo vieron esos días, dirían después que les pareció sereno y hasta de buen humor.

Se fue ese mismo día a la casa del Juncal, pero una semana después volvió a poner otro telegrama a nombre de Isabel, para los padres de ésta; les decía que se requerían seis meses más para poder exhumar el cuerpo por disposición de este país y que ella esperaría. Luego de esto ya no volvió al pueblo, se refugió en el Juncal. Cuando un mes después lo visitaron dos amigos, lo encontraron con el cabello y la barba sin recortar, sin camisa; con solo un pantalón vaquero sucio, unas botas de cuero y un casco de fibra que le dieron en el trabajo. Les pidió que no lo visiten ya que lo avergonzaban y porque estaba de duelo. Lo cual era cierto, pero no por quien suponían sus amigos. Sobre Isabel les dijo que no sabía nada desde que partió a Santiago. Eso alejó a los curiosos. Ni siquiera quiso que Demetrio, ni nadie de su familia lo visite porque él desde ahora y para adelante se haría cargo de sus animales.

Por los amigos que intentaron acercarse a John, Rosy, con quien había roto toda relación desde el día en que murió Livio, se enteró de su estado; y pensó que tal vez podría hacer algo por él, así que, el siguiente fin de semana, enrumbó con su amiga Alice al Juncal. Lo encontró sentado, en la banca que había construido debajo del palo santo, sin camisa, con la barba crecida, mirando fijamente a la carretera. Rosy pensó que había enloquecido.

—Debemos llevarlo al hospital —le dijo a su amiga, mientras se acercaban.

—¿A quién vas a llevar al hospital? —lo escucharon decir, con una voz clara y tranquila que contrastaba con su apariencia.

—Hola John —dijo Rosy.

Alice se limitó a mirarlo.

—Holas —dijo John, sonriendo.

—¿Cómo estás, John? —volvió a hablar Rosy.

—Mejor que nunca.

—¿Y por qué estás tan descuidado y solitario?

—Mi querida Rosy, estoy como quiero estar ¿no es lo mejor que me puede pasar?

—¿Por qué no vuelves al pueblo con nosotras?

—Muchas gracias, Rosy, pero aquí estoy bien. Te agradezco, y a ti también, Alice, que hayan venido a verme, pero no es necesario. Es más, no quiero que vengan. Que no venga nadie. Me estoy purificando y preciso estar solo.

Las jóvenes se miraron y Rosy quiso hacer otro intento.

—La soledad no está bien, John.

—Tengo muchas respuestas a lo que acabas de decir, pero me temo que algunas te puedan parecer ofensivas a tu forma de vida.

—¿A qué te refieres, John?

—Solo mírate, haz tu examen interior. Mejor vete Rosy y por favor, no vuelvas.

Rosy sintió vergüenza, aunque no sabía por qué o tal vez sí.

—Adiós, John. Que encuentres lo que buscas.

—Adiós Rosy. Adiós Alice.

Las jóvenes subieron a su coche. Rosy abrió el contacto y no presionó el botón de arranque, se quedó allí un momento mirando el círculo del velocímetro, luego sacudió la cabeza y dijo:

—Cómo sea.

Y dio arranque al motor.

—Pobre John —dijo Alice.

—O tal vez no.

Las jóvenes ya no volvieron hablar hasta que llegaron al pueblo. Al día siguiente Rosy le comunicó a su amiga que se regresaba a Estados Unidos.

John había conseguido quedarse solo. No se esforzaba por usar el sistema de riego, sino que prefería cargar agua en valdes desde la laguna para regar las vides solo en las noches y los que pasaban cerca por la carretera le pusieron el guardián loco. Se cuidaba especialmente de que no lo viera Demetrio o alguien de su familia, cuando sentía que por el camino pasaban al jaguay se escondía, aunque no siempre lograba ocultarse a tiempo. Temía que sus vecinos vengan con comida o a querer ayudarlo y tendría que rechazarlos; y si era necesario volver a insultarlos como ya lo había hecho; pero llegó un día cuando se hizo inevitable. Unos gallinazos cabeza roja, que por aquí les llaman *marotas*, primero, y luego varios de los otros, se posaron en el árbol de palo santo toda una tarde y amanecieron   el día siguiente. Demetrio se imaginó lo peor.

—Vamos a verle —dijo a su hijo Eloy, antes de ir al corral a ordeñar a las cabras.

Eloy no preguntó a qué, porque ya tenía el mismo presentimiento.

Cuando entraron por la puerta de la cerca, un olor desagradable los alcanzó, aunque no muy intenso. Avanzaron hacia la casa y estaba cerrada con llave, ambas puertas, la principal y la trasera, también el cuarto de John. Trataron de determinar si el olor venía de adentro, pero no les pareció, al contrario, parecía venir del palo santo, ahí donde estaba la banca y donde se sentaba John. Avanzaron hacia allá, pero no había nada. Varios gallinazos estaban ahora sobre el tejado de la casa de los vinos. Demetrio y su hijo se miraron y sin decir nada se encaminaron hacia allá. La puerta estaba cerrada y el olor era muy intenso. No cabía ya ninguna duda de que de ahí provenía. La puerta estaba cerrada con llave y la empujaron con las plantas de los zapatos. Al abrirse una bocanada de aire pestilente les dio en el rostro.

Retrocedieron y con la solapa de la camisa en la nariz avanzaron. Tirada en el piso estaba la vaca muerta. Salieron y se alejaron un poco para poder hablar y para evitar que las moscas que en gran cantidad revoloteaban terminen en sus bocas.

—¿Por qué la habrá encerrado? ¿Y dónde está él?

—Busquemos —dijo Eloy.

Caminaron por la huerta, llamaron a la puerta de la casa de herramientas y finalmente llamaron frente a la casa y no hubo respuesta.

—Tal vez se ha ido al pueblo y ha dejado encerrada la vaca para que no se la roben —dijo Demetrio— ¿Y el torete?

—Lo habrá vendido. Me pregunto cuántos días habrán pasado hasta que se muera la vaca.

—Este gringo estaba medio loco, tal vez ya se regresó a su país.

—¿Y si está adentro de la casa?

Demetrio se quedó pensando.

—Hay una manera de saberlo —dijo.

—¿Tumbando la puerta?

—No. El gringo tiene una moto. Si no está es porque se ha ido. No quiero derribar la puerta y después tener que vérmelas con un loco.

—Busquemos la moto.

—Adelante, en el estacionamiento la he visto siempre.

Corrieron hacia el frente de la casa y la motocicleta no estaba. Demetrio respiró aliviado.

—Ahí está la prueba. Se ha ido.

Eloy, no muy convencido se puso a buscar huellas y allí estaban, medias borradas, pero eran inobjetables y hasta había huellas de zapatos.

El ruido de aleteos de los gallinazos y el ladrido de un perro los hizo mirar hacia la casa de los vinos. Una gran cantidad de gallinazos habían bajado hasta el piso, de donde el perro de Demetrio los estaba corriendo.

—¿Qué vamos a hacer con la vaca? ¿la jalamos más allá hacia los cerros, o la enterramos aquí nomás? —dijo Eloy.

—Yo creo que la enterramos aquí nomás.

Sacaron lo necesario de la habitación de las herramientas y escarbaron una fosa para la vaca. Con trapos cubriéndose la nariz, arrastraron la vaca muerta y la enterraron. El olor persistía. Ya con el tiempo se eliminaría, pensaron, pero la verdad fue que no desapareció del todo, hasta después de mucho tiempo.

Demetrio tuvo razón, cuando le dijo a Eloy que John había partido en la motocicleta, porque días después escuchó el golpe de un hacha que venía de la casa del juncal, pero no lo volvieron a ver, aunque algunos decían que lo veían de noche deambulando por la huerta que ahora solo tenía una franja verde porque el molino de viento seguía funcionando, pero el agua solo llegaba a esa franja.

Eloy podría agregar que dos *marotas*, vivían sobre el tejado de la casa, hasta que un día también desaparecieron como la vaca, el árbol y John.

# Capítulo XXI

Habían transcurrido seis meses desde el último telegrama de Isabel, por eso su padre y el de Livio, decidieron viajar al no tener más noticias. Las cartas habían sido devueltas y los telegramas no se sabía si habían sido recibidos, la verdad era que el campamento había sido un caos desde que se había iniciado una guerra en la frontera, donde se decía estaban comprometidos los intereses de la empresa norteamericana frente a una inglesa, por el petróleo en la amazonia, ambas empresas apoyaban al país donde estaban asentadas, lo que podía convertir a la refinería en objetivo militar; luego para mayor mal, Estados Unidos entró a la guerra en Europa, después del bombardeo de Pearl Harbor, aunque eso hizo que la guerra local se acabe. Todavía tuvieron que esperar cuatro meses para poder viajar, después de varias postergaciones.

En la última semana de abril, al fin llegaron al pueblo. Se hospedaron en el hotel Royal. La empresa puso a su disposición una camioneta y su chofer. Cuando preguntaron por John les informaron que hacía como nueve meses que renunció a su puesto en la empresa y que no se le había visto desde hacía mucho tiempo, pero que se suponía que seguía viviendo en su casa del Juncal.

Decidieron empezar la búsqueda por ahí, hasta donde los guio uno de los conocidos de John.

Cuando llegaron, miraron con ojos sorprendidos cómo la casa, la huerta y toda la propiedad estaba cubierta de hierbas y arbustos silvestres. La laguna hasta el tope rebalsando por la compuerta hacia la quebrada que seguía corriendo con un poco de agua sobre un lecho marrón de arena muy fina. El bote amarillo seguía amarrado al muellecito y la trocha de ascenso también estaba cubierta de pasto. Parecía un lugar abandonado, pero no muerto. Desde la puerta de la cerca se podía ver un par de gallinazos en el techo de la casa, en cuyo exterior del primer piso la vegetación parecía querer ingresar por las ventanas como queriéndola empujar de la colina. Una gruesa capa de polvo cubría el piso del cobertizo entre manchas de barro que habían arrastrado en sus patas los animales para guarecerse de la lluvia. Al costado, en el lado derecho mirando hacia la casa sobre el techo sin tejas de una pequeña pieza, dos gallinazos de cabeza roja miraban fijamente a los visitantes. Una inmensa enredadera, conocida como *jabonillo*, cubría parte del sendero que llevaba a otra pequeña casa y a un horno de adobes techado con un cobertizo de tejas llenas de líquenes muertos que manchaban el rojo original. Un bullicioso grupo de loros se daban un banquete con las primeras uvas de las cincuenta matas que plató John cuando llegaron a este sitio, que habían sobrevivido gracias a las lluvias. Subieron por la escalinata al porche. La puerta principal estaba cerrada. Las tiras negras del crespón por la muerte de Livio habían perdido su color y su forma. Volvieron por sus pasos y buscaron la trasera, también estaba cerrada. No se atrevieron a violar alguna. Regresaron al pueblo para volver con la policía.

Les asignaron dos guardias, estos golpearon la puerta juntos y al mismo tiempo con las plantas de los zapatos. La puerta se abrió con gran estruendo, dos ratas se deslizaron hacia el lado del salón, debajo de un sillón empolvado. Revisaron ese piso y todo parecía estar en su sitio, ordenado, normal, si no hubiera sido por el polvo depositado sobre todas las superficies y un fuerte olor nauseabundo, como a animal pudriéndose. Subieron por la escalera que llevaba al segundo piso, aquí todo parecía también normal, los sillones y una mesita de la salita de estar, así como las camas y veladores de los cuartos de visita no parecían haber sido usados hacía mucho tiempo, porque una fina capa de polvo se veía sobre las superficies de madera. El dormitorio principal, sin embargo, tenía una tarima con solo el colchón sin nada encima, lo demás parecía estar completo. Durante todo el recorrido los acompañó el olor fétido que percibieron en el primer piso, tal vez aquí era más fuerte, por eso revisaron el ropero y debajo de la tarima y no había nada. Subieron hacia el ático, donde parecía que el hedor era más intenso. Al asomarse el primer policía, hizo que el resto se detuviera, su compañero se quedó impidiendo el paso de los tres hombres. El olor ya era insoportable. La interrupción de la subida no fue bien recibida por el padre de Isabel.

—Queremos ver —dijo.

El chofer de la camioneta era el traductor, porque en realidad era un empleado también norteamericano puesto por la empresa para que los ayude, aunque el padre de Livio entendía algo el idioma.

143

—Espere un momento dijo el policía que tenía adelante.

—Déjalos pasar —dijo el otro.

Subieron y lo que vieron era lo más espantoso que habían visto jamás. Un cuerpo acostado de lado y en posición fetal, con los huesos expuestos por partes yacía sobre una mancha aceitosa y en medio de una nube de moscas que no paraban de revolotear y hacer ese sonido tan desagradable. Y el olor, que hacía el aire irrespirable. En el techo se escuchaba el aletear de los gallinazos.

—Es el cuerpo de un hombre —dijo el policía que había subido primero, tapándose la nariz y la boca con un pañuelo a rayas azules.

—¿Cómo lo sabe? —dijo William, el padre de Isabel.

—Por los zapatos, por la correa y por el cabello un tanto escaso.

—Hum —dijo William, ante la lógica del policía.

—Bajemos —dijo el policía que parecía ser un sargento o un cabo— aquí no se puede respirar.

Bajaron y ya en el porche llenaron sus pulmones de aire como para desalojar todo lo respirado en el ático. Los norteamericanos con las manos apoyadas en la balaustrada parecían cansados, respirando agitadamente como si acabaran de terminar una carrera extenuante. Los policías se alejaron para mirar la fachada por fuera.

—Debemos irnos —dijo uno de ellos.

—¿Y el cuerpo? —dijo James Austin, el padre de Livio— Yo creo que es John —agregó, pensativo.

—¿Cómo lo sabes? —dijo William.

—No lo sé, pero Robert me dijo que no respondía sus cartas.

144

—Yo también hablé con Robert y me dijo lo mismo, pero que no le preocupaba, y dijo también algo que no me gustó, dijo que, si Isabel tampoco respondía las cartas, era obvio lo que sucedía.

—Bueno a Robert, siempre le faltó el tacto.

Los policías no habían querido interrumpir la conversación de los extranjeros que por lo demás lo hicieron en inglés, cuando le pareció que habían terminado dijo:

—Mi compañero se quedará aquí.

—¿Solo? —dijo el traductor.

—Salvo que alguien quiera quedarse a acompañarlo.

—Yo me quedo —dijo William.

—¿A la intemperie? —dijo James, el padre de Livio.

—Volveremos pronto. Con el juez y otros especialistas. Pueden buscar sombra allá en ese tamarindo —dijo el policía.

—En ese caso yo también me quedo —dijo James.

—¿Necesitará la camioneta o también me puedo quedar? —dijo el chofer traductor al policía.

—Se puede quedar, si quiere, para cualquier urgencia de los señores.

Determinaron que James tenía razón. Se trataba de John Cluster, porque entre otras cosas, los documentos, pasaporte y otros, se encontraban en la casa, en el cuarto de huéspedes del primer piso. Buscaron indicios en el resto de la casa sobre la presencia de Isabel, pero no encontraron nada, lo mismo hicieron en la huerta, la casa de los vinos; concluyeron que habría que buscarla en otro sitio. También determinaron que se había suicidado, ingiriendo en exceso pastillas para dormir. El frasco vacío, en cuya etiqueta decía *Sleeping Pill* lo encontraron debajo de la cama; también encontraron en una esquina del ático una cajita vacía del mismo medicamento.

Los padres de Livio volvieron a su país y con ellos los restos de su hijo y de su amigo John, que creían que se había suicidado.

Los dos despojos mortales, fueron reunidos antes de embalarlos, en la iglesia del pueblo. Las campanas de las dos torres repicaron tristemente y una pequeña multitud llenó la iglesia. El cura de Lobitos, don Ricardo Perelló, hizo la misa entre aromas a margaritas y cánticos en inglés y español.

# Capítulo XXII

Manuel estaba convencido de lo asombroso de lo sucedido y en gran medida orgulloso de que le haya pasado precisamente a él, a quien había escogido la pasajera fantasma para manifestarse, por eso no se cansaba de contar, a quien quiera oírla, su extraordinaria experiencia, aunque luego se enteró que no era el único a quien le había sucedido aquello y algunos sostenían que, en la casa de la colina, ahora semiderruida que había ahí cerca, la habitaba otro fantasma, conocido como «el guardián loco». Hasta ese entonces el único fenómeno sobrenatural harto conocido y ya considerado normal era el carro fantasma, que consistía en las luces de unos faros avanzando en sentido contrario y que nunca terminaban de pasar. A este último, se le asociaba con el sitio frente a la casa conocido como «El Ánima del Gringo» donde se mató un extranjero en la curva al chocar su coche contra una roca. Se contaba como cosa muy cierta que se mató por perseguir a su esposa que pretendía abandonarlo, por lo que el fantasma de la mujer viajera estaba asociado con su marido muerto en el accidente. El fantasma del guardián loco era seguramente porque ahí encontraron muerto al guardián hacía como diez años. Todo calzaba, para convertir ese paso en una zona de respeto, que el camino que antes se aproximaba a esa

147

zona fue desviado hacia el norte, aunque signifique más distancia, solo de día se utilizaba el camino de siempre.

En una de esas conversaciones, sobre fantasmas tan comunes por ahí, especialmente en las noches, a la luz mortecina de faroles regalados por la petrolera para incentivar el uso de kerosene. Un autodenominado maestro, un *huachumero* en lenguaje llano de la zona, escuchó la historia de Manuel.

—Donde hay fantasmas hay arcanos. Si los fantasmas existen es porque la verdad está oculta —dijo desde la oscuridad acostado en una hamaca y hasta donde la titilante luz del farol no llegaba.

—¿Eso qué significa? —dijo Manuel.

No admitía que nadie ponga en duda lo que vio.

—Que hay todavía algo ahí que espera ser descubierto.

—No, si dicen que ya la gente ha escarbado por toda la casa, lo mismo que antes la policía y no encontraron nada, solo al guardián loco y muerto, por lo que ahora vaga su fantasma —dijo Gilberto el dueño del bar-pulpería donde estaban reunidos los parroquianos.

La palabra de Gilberto era una de las más autorizadas, porque en su bar se hablaba de todo y en su pulpería se apeaban los viajeros de paso, así que la información era de las mejores.

—Como sea —dijo el maestro— me gustaría conocer el sitio.

—Mientras sea de día, si quiere yo lo llevo —dijo Manuel interesado, porque todo lo que tenía que ver con fantasma de la mujer viajera, sentía que era de su incumbencia.

—¿Entonces tenemos un trato? —dijo el maestro.

—¿Y cuándo iríamos?

—Si quieres en este momento.

—No. Ya le he dicho que solo de día. Podría ser mañana, aprovechando que no tengo viaje.

—Entonces, mañana.

—Hecho.

El hombre se levantó con Remigio que era quien al parecer había contratado al *huachumero* para una limpia de su casa, que decía que la sentía pesada.

—¡Hasta mañana! —dijeron ambos

—¡Mañana a las seis! — dijo Manuel.

—¡A las seis! —se le escuchó decir al hombre.

Esa noche Manuel no durmió bien soñaba a cada momento con el fantasma de la dama viajera. En uno de esos sueños se vio besándola y sintiendo el aroma a violetas que lo perseguía desde el día en que se le apareció, su corazón saltaba de alegría, cuando al instante se vio besando a un esqueleto y el aroma a violetas se transformó en olor pestilente. Se despertó asustado y decidió levantarse y alistarse para el viaje, pero aún faltaba mucho para las seis así que se acostó atravesado en su cama. Ya vestido y listo para salir. Se volvió a quedar dormido y volvió a soñar con la mujer que le hablaba y sonreía, pero él no podía pronunciar palabra, porque no tenía boca. Se volvió a despertar y se levantó, se fue a revisar el camión, el aire de las llantas golpeándola con un pedazo de muelle; cuando ya empezaba a clarear, revisó los niveles del motor y le pasó trapo al chaquetón y los vidrios de las luces, sacudió un poco el asiento de madera de la cabina. La cabina de madera era una adaptación, luego de cortar la original de metal. Solo faltaba arrancar el motor para calentarlo. Su tío apareció y se encargó de acelerar el motor mientras él hacía girar la manivela. Casi al mismo tiempo que arrancó, aparecieron por el camino el maestro y Remigio, que también participaría de la misión, como la llamó el *huachumero*.

Manuel y el tío tomaron su desayuno de pie, preparado por la madre de Manuel y partieron hacia el norte primero, siguiendo la carretera principal que iba de pueblo en pueblo y como a un kilómetro se desviaron por una trocha que seguía hacia el oeste, esta vía era mantenida por los mismos pobladores y por algunos dueños de camiones, por eso no tenía un trazo recto, sino que estaba llena de curvas y en las cuestas el carro parecía que lloraba por el esfuerzo, el sonido del motor se volvía agudo, pero tampoco era una larga distancia, no más de doce kilómetros. Antes de las ocho de la mañana estacionaron el camión al borde de la carretera, frente a la casa, que para entonces ya se la conocía como «la casa fantasma». El sol no vencía al frío todavía. Remigio conocía al hombre que vivía más arriba como a quinientos metros de la casa.

—¿Por qué no le preguntamos a Faustino? — dijo.

Manuel también lo conocía a Faustino. Le pareció buena idea, pero el maestro ni el tío sabían de qué le hablaban.

—¿Qué Faustino? —dijo el tío.

—Faustino, el que vive allá arriba —dijo Manuel señalando en la dirección donde debería estar la casa de Faustino, aunque no se viera desde acá.

—Ah, Faustino — dijo el tío.

El maestro lo miró a Remigio esperando una explicación.

—Allá atrás, vive una persona que nos podría informar algo de la casa, antes de meternos, no vaya a ser que esté ocupada o algo por el estilo.

—A las claras se ve que está abandonada —dijo el maestro.

—De todos modos —dijo Rufino— estas tierras ahora son de mi primo y es un hombre bien jodido.

—Bueno, entonces vamos por el tal Faustino — tranzó el maestro.

Caminaron ascendiendo, pasaron cerca de la casa fantasma, el maestro se acercó a la cerca o lo que quedaba de ella, en realidad algunos postes apolillados, pero no pasó el límite aparente. Dar con la casa de Faustino no fue difícil.

# Capítulo XXIII

Manuel, Rufino, Remigio y Joaquín se dirigieron a la casa de Faustino, siguiendo el camino que bordeaba la antigua cerca del terreno donde estaba la casa abandonada. La subida era fatigosa. Se detuvieron a descansar cuando ya faltaban poco más de cincuenta metros. El camión lo habían dejado al borde de la carretera. Desde esa posición ya pudieron ver la mula colorada de Faustino amarrada a un Charán, señal de que se encontraba en la casa. Cuando reanudaron la marcha, se encontraron con que a toda velocidad dos perros venían a su encuentro, colorados como la mula, y que parecían gemelos resaltándoles en la frente sendas manchas blancas. Ladraban como locos, parecían muy agresivos. No sabían los cuatro visitantes qué hacer, a su alrededor no había ni piedras ni palos, sin contar que ciertos campesinos no soportan que castiguen a sus perros. Se quedaron a pie firme y se prepararon para el ataque, solo el maestro tenía en su mano un cuaderno grande como única arma. Los perros sin embargo se detuvieron como a quince metros y no siguieron avanzando, los hombres parados en su sitio esperaban que salieran de la casa a espantarlos. Remigio aconsejó tirarse al piso, pues así había escuchado que al hacerlo los perros se espantaban, pero no estaban para hacer experimentos. Una voz de mujer se escuchó desde la casa.

—Ya dejen —se le oyó decir.

No veían de quien era la voz. Trataban de ubicarla cuando les pareció ver una cabeza cubierta con un sombrero detrás del cerco del corredor. En esto estaban, cuando vieron a Faustino salir del corral ubicado al costado de la casa; era un hombre como de un metro setenta, vestido todo de *beige*, con un sombrero grande de paja, de tes de un color marrón claro y ojos entrecerrados, como de cuarenta años; se dirigió hacia los visitantes y los perros sin que les diga nada, dejaron de ladrar, pero no se fueron. Al acercarse vieron que usaba unos botines color tierra.

—No hacen nada —les dijo a los visitantes, para calmarlos del susto dibujado en sus caras.

—No, hasta que muerden —dijo Rufino al momento de darle la mano a Faustino, pues se conocían desde hacía mucho tiempo, aunque al comienzo no había reconocido el nombre.

A la mujer que había lanzado el grito para ahuyentar los perros pronto la pudieron ver al acercarse a la casa. Era algo más baja que el hombre. Faustino la presentó.

—Es mi esposa —dijo.

—Encantado señora — dijeron los recién llegados.

—Ambrosia —dijo ella— mi nombre es Ambrosia.

—Mi nombre es Manuel, él es mi tío Rufino, que me imagino ya lo conoce, este es Remigio, que seguramente también, porque se conoce con su esposo; y el señor, es el maestro.

—Joaquín —dijo el maestro.

—¿Maestro de escuela? —dijo Ambrosia.

—No, señora. Soy maestro curandero.

—Ah, mucho gusto. Acá a don Rufino y a Remigio si los conozco, a Manuel, también. Un día me llevó al pueblo.

Doña Ambrosia se rio como si le hubiera causado gracia lo que dijo. Dejó ver una dentadura muy pareja, con algunas manchitas amarillentas, causadas por el agua del jaguay. Lucía un vestido hasta cerca de los tobillos muy limpio que parecía de algodón con unas rayitas rojas y azules; y con dos bolsillos. Mientras se presentaba mantenía una de sus manos en el bolsillo. Su rostro claro y sin ninguna arruga y su pelo negro sostenido por la parte posterior con un lazo y un moño. Parecía que se había preparado para la visita. A Manuel le recordaba al fantasma de la dama viajera.

—Hablemos aquí —dijo Faustino señalando seis sillas tapizadas con un brocado mostaza y recubriendo el tapiz un plástico transparente que con el tiempo se había puesto amarillento. Las sillas estaban ubicadas a la entrada de la casa, en una especie de pórtico.

—Aquí hay más luz —aclaró Faustino.

—Sí, adentro es un poco oscuro —lo apoyo doña Ambrosia.

Nadie más dijo algo, solo obedecieron y se aproximaron y tomaron asiento. Los dueños de la casa también.

Rufino tomó la palabra.

—Verán, Faustino, Ambrosia. Queremos entrar a la casa del gringo, pero no sabemos si hay algún problema con eso.

— No claro que no —dijo Ambrosia, casi al mismo tiempo que su esposo, que dijo:

—No creo, ya no tiene ni cerco ni puertas, hace tiempo que ya está abandonada y destruida por todas partes. Hasta al viejo palo santo lo han cortado.

—¿Y han escuchado acerca de fantasmas que dicen que hay en la casa? —dijo el maestro.

—Cuéntales lo que sabes —dijo Faustino.

—Todos ya saben de las penas y seguramente por eso están aquí —respondió Ambrosia.

—Sí, sabemos algo —dijo Rufino— pero tal vez, tú sabes más que nosotros.

—Veamos, ¿saben de un carro fantasma?

—Sí —dijo Rufino.

—¿Saben de la mujer de la carretera?

—Yo recién lo he sabido —dijo Manuel.

—¿Saben del fantasma del palo santo?

—¿El del guardián loco?

—El del palo santo. El del guardián loco es otro.

—No. De ese no —dijo Rufino.

—Eso pensé porque no creo que se vea desde la carretera, ni siquiera del camino.

—¿De qué trata exactamente? —dijo Joaquín, el maestro.

Ambrosia carraspeó, limpiándose la garganta. Todos callaron. Hasta los perros parecían que se interesaban, porque se acercaron y se acostaron con las patas delanteras extendidas hacia adelante y la cabeza apoyada en el piso.

—No me miren así, que no es mucho lo que sé. Solo que desde aquí se puede ver como una sombra blanca, un fantasma, digo yo, sale de la casa y se sienta donde había un palo santo. Se queda ahí un buen rato y luego se pone de pie y se dirige a la casa, o a lo que queda ahora. Eso es todo.

—¿La figura es de hombre o mujer?—preguntó Joaquín.

—De mujer.

—¿Tiene una idea de quién pueda ser? —volvió a preguntar Joaquín.

—Yo creo que podría ser la señora, la esposa del gringo.

—¿Usted la conoció?

—Si. La conocí, y podría ser ella, pero es difícil saber desde acá. Una vez me acerqué con la intención de hablarle si fuera ella, sentí que me miró, pero no pude hablar, me dio mucho miedo.

—Para ser fantasma, tendría que estar muerta, también. ¿Usted sabe que murió? —volvió a hablar el maestro.

—No. No hemos sabido. Lo único que se dijo fue que habían encontrado a uno de los gringos, al amigo, a John, así se llamaba. La policía nos preguntó, a mi papá, a mi hermano y a mí; a Faustino no, porque todavía no nos casábamos y no vivía aquí.

—¿Y Faustino, nunca se ha acercado cuando han visto al fantasma? —dijo Manuel.

—No. Jamás. Yo le dije que no lo haga. Pero hemos ido de día a echar agua bendita.

—He notado que la cruz del gringo, cada vez que paso por acá, tiene flores ¿quién las pone? ¿ustedes? —dijo Rufino.

—Algunas veces nosotros, pero hay veces que cuando vamos con nuestras flores, ya alguien le ha puesto las suyas, pero no sabemos quién es. —dijo Faustino.

Ambrosia se agachó y no dijo nada.

—También hay otro tipo de pena, que yo si he escuchado —dijo Faustino.

—¿Te refieres a los gritos? Es horrible — dijo Ambrosia.

—¿Horrible? —preguntó Manuel.

—Sí. Se escuchan gritos, como en una pelea. Como un hombre con una mujer.

—Tal vez los esposos —dijo Joaquín.

—Ellos nunca peleaban —dijo Ambrosia.

—¿Usted los conoció bien? —preguntó el maestro.

—Mucho, mucho, no. Pero sí un poco porque yo iba ayudar a la señora y mi hermano Eloy en la huerta y hasta mi papá también. Yo diría que la señora era muy bonita y distinguida. El marido no tanto. Nos preguntábamos por qué había venido una mujer como ella a refundirse en este sitio.

—¿Y en qué momento se escuchan esas penas de peleas? —insistió el maestro.

—En las noches de cualquier día.

—¿Se entiende lo que dicen?

—No. Son gritos y algunas palabras que no se entienden, como si al mismo tiempo se mezclara con el sonido del viento.

—¿Y eso sucede hasta ahora?

—Sí, casi una vez por mes.

—¿Y no les asusta? —dijo Manuel

—Ya nos hemos acostumbrado —le contestó Ambrosia, sonriendo.

—¿Y desde cuándo sucede? ¿Desde que murió el gringo? —preguntó el maestro.

—¿Qué cosa, las peleas o el fantasma del árbol? como le hemos llamado, aunque este ya no existe.

—Las dos cosas.

—Bueno, creo que primero fue el fantasma y mucho después de cuando se mató el señor Livio.

—¿Y los gritos?

—Creo que después.

# Capítulo XXIV

## 1

Con la certeza de que no habría ningún problema si se introducían a lo que quedaba de la casa, Manuel, su tío Rufino, Remigio, el maestro Joaquín y Faustino se dirigieron al lugar.

La cerca de alambre de púas había desaparecido, solo quedaban, cada cierto trecho, unos cuantos postes carcomidos por el comején o cuarteados por la intemperie. Era innecesaria cualquier puerta, que tampoco había. Ingresaron a la propiedad por un caminito de cabras, por la parte posterior. Había pedazos de tejas y maderas desperdigadas por todos lados y tablas de pino ennegrecidas y cuarteadas por el sol, seguramente las rechazadas por los saqueadores. Las puertas, tanto la trasera, como la que daba al salón, habían desaparecido con sus marcos, lo mismo que parte del piso. Con dificultad llegaron a la única escalera que llevaba al segundo nivel, que parecía todavía segura, la subieron uno a uno para evitar sobrecargarla. El dormitorio matrimonial, estaba bastante conservado, dadas las circunstancias y el tiempo. Una gruesa capa de polvo cubría el piso que crujía a cada paso de los visitantes. Volvieron a la escalera que los llevó hasta el ático, que ya no tenía parte del techo y los escombros de este se acumulaban en el piso. En el poco tejado quedaban algunas maderas y algunas hileras de tejas a punto de caerse. La ventana que los antiguos dueños utilizaban como mirador hacia la carretera todavía estaba allí, con sus vidrios en su sitio, aunque la madera se notaba toda cuarteada y la pintura descascarada por efecto del sol y la lluvia.

—Aquí encontraron muerto a uno de los gringos y que muchos creían que era el guardián que había enloquecido —les informó Faustino.

En el piso, en medio de los escombros, se notaba una mancha donde el cadáver se había desintegrado. Aún se percibía un olor desagradable.

Faustino volvió a hablar:

—Por ese olor, o por lo que haya sido, dos gallinazos de cabeza roja han rondado la casa por mucho tiempo, como guardianes de algo maligno.

Los pasos hacían que el piso crujiera y parecía que estaba pronto a derrumbarse o a romperse las tablas apolilladas, por eso no demoraron mucho y así como subieron bajaron uno a uno. Gran parte del entablillado del piso del porche ya no estaba, tampoco la balaustrada, solo algunos maderos apolillados que habían servido de soporte de las tablas. No había muebles por ningún lado, salvo algunas sillas destartaladas más abajo.

—El patrón recogió la mayor parte de los muebles, después de que encontraron el cadáver, me imagino que pactó con los gringos que vinieron —volvió a informar Faustino.

Abandonaron la casa y buscaron por allá abajo por donde estaba el horno de panadería, ahora destrozado en el suelo y del techo no quedaba nada, lo mismo que de la casa de los vinos. Por todos lados, además de los trozos de tejas, había fragmentos de vajilla y algunos baldes oxidados e inservibles. Faustino reconoció en ellos los que utilizaba John para acarrear agua. La huerta había desaparecido, las cabras habían acabado con cualquier planta que haya quedado, en su lugar habían crecido otros árboles y arbustos propios de la zona, ahora sin hojas, como muertos, porque no había sido un año de muchas lluvias, y un tamarindo que al parecer era lo único que había quedado de la huerta y que aún se veía el verde de sus hojas. Todavía se podían ver las plantas secas de las vides y de los floripondios. Del molino de viento solo existían unos palos que parecían del castillo que sostuvo en un tiempo las aspas, de la bomba y tuberías tampoco quedaba nada. La laguna se había enterrado un poco con las lluvias, pero aún parecía un pequeño lago, aunque al muellecito le faltaban algunas tablas. El paisaje era desolador y se respiraba un aire de tristeza y muerte. Faustino confesó que él jamás venía porque le inspiraba un miedo inexplicable, que hasta tiritaba de un extraño frío. Él nunca tomó algo de la casa, ni de la huerta. Más aún si estaba advertido de las penas y esas aves negras en el techo de la casa como demonios vigilantes le causaban escalofríos. Para él, el lugar estaba maldito y ya había intentado alejarse de la zona. Llevarse su casa a otro lado, pero increíblemente la que se oponía era Ambrosia. Lo único que pudo hacer fue otro camino para ir al jaguay en la rivera del otro lado.

## 2

El relato de Faustino les fue impartiendo un temor inexplicable. Caminaron en grupo como protegiéndose unos a otros. Un ruido repentino los hizo sobresaltarse, se tranquilizaron cuando vieron que eran los perros de Faustino corriendo detrás de una lagartija.

Caminaron alrededor de la casa otra vez, mirando el piso, las paredes, como buscando algo, una señal, que según Joaquín debería manifestarse.

—Parece que aquí no hay nada —dijo Manuel.

—Sigamos buscando —dijo el maestro Joaquín.

—¿Buscando qué? —dijo otra vez Manuel.

—Cualquier cosa que parezca extraña. Algo inesperado. Un ruido, un movimiento, un viento una flama, un remolino. Cualquier cosa.

—No sé si habrá tales cosas —dijo Manuel como respuesta—pero de lo que sí estoy seguro es del miedo que estoy sintiendo.

Los demás sentían lo mismo, aunque no lo podían explicar, más aún que nada parecía amenazante a simple vista y estaban a pleno día, cuando los fantasmas y esas cosas solo sucedían en la noche, pero sentían como si se movieran en la oscuridad, esperando a ser tocados por algo, como entrar a medianoche a una selva habitada por asaltantes invisibles.

—Me parece que caminamos fuera de este mundo, como si aquí la realidad no existiera, solo esta casa que nos jala. No sé si ustedes sienten lo mismo —insistió Manuel.

—Ya deja de hablar sobrino —dijo Rufino.

También estaba asustado. Lo que para el muchacho era algo nuevo.

Manuel de pronto se sintió mareado y se sentó en el pedazo de tronco marrón que había como a veinte metros de la casa, apoyó sus manos en sus piernas como para no caerse hacia adelante, con la mirada perdida orientada hacia la carretera. Mientras el grupo avanzaba de nuevo hacia la huerta él comenzó a balancearse hacia los costados como ebrio. El maestro Joaquín fue el primero en percatarse de su estado, se acercó y lo apoyó en su cuerpo.

—Esperen —dijo, levantando la mano en señal de alto— creo que el joven ha encontrado algo.

—Yo veo que solo está cansado —dijo Remigio.

—Esperen —volvió a decir el maestro.

Lo sujetó del hombro atrayéndolo hacia su abdomen, hasta que el muchacho pareció volver en sí. Recobró la viveza de la mirada. El maestro lo soltó.

—¿Ya estás bien? —le preguntó.

—¿Qué hora es? —fue la respuesta de Manuel.

—Las ocho y treinta —dijo Rufino—¿Y qué importa eso?

—¿Cuánto tiempo he estado aquí sentado?

—Como uno o dos minutos —dijo el maestro Joaquín—¿Por qué lo preguntas?

—Qué extraño.

—¿Qué cosa? —dijo Rufino.

—Esperen —dijo el maestro—. Cuéntanos que has visto, Manuel —y mirando a los demás—: parece que ha encontrado la señal. Ha visto algo más allá de lo evidente.

—Usted me asusta —dijo Manuel pasándose la mano abierta por la cara de arriba abajo como queriendo borrar lo que había visto.

—Si nos cuentas el miedo se irá —le dijo Joaquín.

Manuel adoptó otra vez la posición de las manos apoyadas en sus piernas, pero ya no vuelto a la carretera sino al suelo. Su tío Rufino se preocupó.

—¿Qué le pasa?

—Tranquilos, ya se va a recuperar —dijo con toda tranquilidad el maestro como si estuviera en control de la situación.

—He visto cosas, como en una pesadilla —dijo de improviso Manuel señalando hacia la carretera.

Todos miraron en esa dirección hacia donde señalaba.

—El ánima del gringo —dijo Rufino, muy despacio y mirando a Faustino. Este asintió moviendo la cabeza.

—Sigue —dijo el maestro.

—Vi el carro del gringo estrellarse en la curva.

—El carro fantasma —dijo ahora Faustino y Rufino asintió.

—Lo habrá imaginado, de tanta tensión —dijo Rufino— ¿le has dado algún brebaje?

—No. Ha tenido una visión.

Joaquín le puso la mano en el hombro a Manuel.

—Tranquilo, ya pasó.

La voz de Joaquín lo tranquilizó, levantó la cabeza y volvió a mirar hacia el sitio donde había tenido la visión. Se puso de pie.

—Veamos este tronco —dijo el maestro— parece ser la respuesta.

—Era un palo santo —dijo Faustino.

—El palo santo. He escuchado la historia de este árbol que daba semillas milagrosas.

Parecía que Joaquín hablaba para sí mismo. Nadie más parecía saber a qué se refería. Solo Faustino.

Joaquín comenzó a inspeccionar alrededor del tronco. De pronto, se quedó rígido e hizo una mueca extraña y puso los ojos en blanco, todos se asustaron y pensaron que se desmayaría, Remigio lo sostuvo. El hombre se repuso y dijo:

—Aquí hay una presencia.

Todos se miraron, menos Remigio que lo miraba solo al maestro.

—Dice que aquí hay una presencia —como traduciendo lo que todos habían escuchado.

Los demás se miraron con gestos de incredulidad.

Rufino no pudo contenerse y dijo:

—Eso ya me parece teatro.

—¿A qué se refiere?—dijo Manuel.

—No es contigo, sobrino.

—Aquí hay algo no resuelto —fue la respuesta del maestro— Tenemos que escarbar aquí. ¿Tienes con qué hacerlo? —le preguntó a Faustino.

—Si, claro. ¿Qué necesita, una lampa, una barreta , un pico, o qué?

El maestro raspó el suelo con el zapato al costado del árbol y dijo:

Las tres cosas.

—Voy por ellas.

Manuel, ya repuesto, y Remigio lo acompañaron.

Rufino le dijo al maestro:

—¿Crees de verdad que hay algo enterrado?

—Si, eso creo.

—¿Será lo que los otros han estado buscando y por eso han destruido en parte, la casa?

—No lo sé con exactitud, pero aquí mismo, hay algo enterrado que quiere desesperadamente que lo liberemos.

Unos pasos aproximándose delataron a los que se habían ido por herramientas.

Manuel y Remigio parecían los más interesados en escarbar. La tierra era más blanda de lo que había supuesto Joaquín.


3


Todos escarbaban turnándose con las herramientas. Transcurrieron dos horas. Empapados de sudor, la sed los agobiaba, pero nadie quería abandonar su puesto en el escarbado para ir por agua. Ya casi eran las once de la mañana y apenas habían avanzado la mitad del área que el maestro había marcado. Cansados se sentaron en el borde del hueco en forma de medialuna alrededor del tronco, cuando fueron sorprendidos por una voz. No pudieron evitar dar un brinco y ponerse de pie. Era Ambrosia.

—Les traigo agua y una naranjada —les dijo con su voz ronca y fuerte.

—Ha venido a tiempo, doña Ambrosia —le dijo el maestro.

—Más que a tiempo, para que veas que aquí no hay nada —dijo Faustino.

—Eso todavía no lo sabes. Estas cosas tienen su tiempo —dijo algo enigmática.

—¿A qué se refiere doña Ambrosia? —dijo Manuel.

—El tiempo es a las doce, falta poco —volvió a decir Ambrosia.

—¿A las doce de la noche? —dijo Rufino que había empezado a temerle a la casa, aunque jamás lo admitiría.

—Del día.

—Pero ya tenemos que irnos —insistió Faustino.

—Tienes tiempo. Los colectivos llegan a las cinco. Si te vas a las tres, llegarás a tiempo.

—¿A dónde tiene que ir? —dijo Rufino.

—Faustino tiene que ir al pueblo vecino a recoger a nuestra hija.

—Entonces sigamos —dijo Manuel— Y no se preocupe Faustino, que la recogemos en el camión, es más rápido.

—Ya ves, todo se ajusta —dijo Ambrosia.

Y tuvo razón. A las doce. Según el reloj de Rufino, el pico que en ese momento manejaba Faustino, se trabó en algo y un fuerte olor pestilente contaminó el aire.

—Hemos llegado —dijo el maestro, con la tranquilidad del que sabe lo que hace— Ahora con cuidado. Picando solo alrededor, hasta no saber si es persona, animal o cosa. Si es persona, debe quedar completa.

—¿Persona? —dijo Rufino.

—O la vaca que, según Eloy, enterraron por aquí —dijo Faustino.

—La vaca fue para el otro lado —dijo Ambrosia.

—Debe ser persona o alguna pertenencia de alguien, pero si hay huesos, es persona. No he sabido de un animal que cause visiones —dijo el maestro Joaquín.

## 4

Escarbaron en la forma como había dicho el maestro y descubrieron parte del esqueleto de una persona, luego apareció la cabeza, donde mezclado con la tierra había una cabellera rubia. No avanzaron más. El mal olor se les había impregnado en la ropa y los trapos en la nariz no eran suficientes.

—Es mi patrona —dijo Ambrosia con la boca cubierta con las dos manos sobre un mantel blanco y se quedó inmóvil mirando la sepultura.

—Tendríamos que avisar a las autoridades —dijo Faustino.

—Desde luego —dijo Rufino.

—¿Y cómo vamos a explicar que hayamos venido a escarbar justo ahí? —dijo Faustino preocupado.

—No lo sé. Una corazonada —dijo Manuel.

—Una corazonada de Manuel —dijo Remigio.

—Mia no, en todo caso del maestro.

—Ya lo sé. Diremos que nos trajo hasta aquí el fantasma de una mujer de blanco que se sienta en un tronco —dijo el maestro— no te preocupes, déjamelo a mí.

—¿Habla en serio? —dijo Rufino.

—¿Y le van a creer? —dijo Manuel.

—Lo creerán ¿Acaso ya no creen que una mujer de negro se sube a los carros que pasan por aquí? Sobre eso hay testigos, aquí nomás tienes a dos.

—No lo sé. Eso explicaría el hallazgo, pero no la muerte, ¿y si acusan a Ambrosia o a mí? —dijo Faustino preocupado.

Ambrosia había permanecido callada. Pensativa. Luego como hablando para sí dijo:

—Esa señora necesita descansar y no hay otra manera. Lo demás será lo que deba ser.

—¿Está segura de que es quien dice? ¿Usted cree que es la mujer del gringo? —dijo Manuel.

—Estoy segura.

—Ahí está. Yo digo que digamos que el fantasma de la señora nos indicó dónde escarbar —dijo Joaquín.

—¿Y si no es una señora? —dijo Remigio sonriendo nervioso.

—Lo es —dijo Ambrosia.

—Parece una locura —dijo Manuel.

—Pero es lo único que tenemos más ajustado a la verdad —dijo el maestro—todos tenemos que estar de acuerdo.

—De acuerdo —dijeron

—Está bien, aunque nos estamos preocupando por las puras —remató el maestro.


5


Avisaron a la policía. Vinieron los peritos y todos los que acostumbran. Concluyeron que se trataba de la esposa de Livio Austin, por un anillo de oro con las iniciales L. A. Los que escarbaron no se habían percatado en lo del anillo.

El cadáver de Isabel fue entregado a los padres de Livio, que vinieron por él y allá en su tierra fue enterrada al lado de su esposo.

6

Tres meses después Manuel volvió a la casa de Faustino y le contaron que la mansión estaba en silencio, no se escuchaban más las peleas, los gallinazos de cabeza roja, que antes venían de vez en cuando, ya no habían vuelto.

Ambrosia le dijo que ella nunca había creído en la versión que sostenía que la señora se iba escapando y el gringo se mató por perseguirla, como se aseguraba.

Era otoño y las hojas amarillentas de algunos árboles caían dando vueltas hasta el suelo. Se respiraba esa sensación de paz y serenidad en medio del bosque seco.

—Al fin descansará en paz mi señora —dijo Ambrosia con un suspiró profundo—, ¿saben por qué vuelven?

—¿Quiénes? —dijo Faustino.

—Las personas.

—¿Como doña Isabel? —dijo Manuel.

—Cuando la muerte les vino de manera súbita y violenta y no tuvieron tiempo para despedirse —dijo Ambrosia y esbozó una sonrisa triste.

Les sirvió carne de gallina sancochada y frita, camotes sancochados, queso de cabra y un jarro de té *Sabú* hervido.

## 7

A Manuel le gustaba pensar que gracias a él ahora la dama de negro descansaba en paz. Cada vez que pasaba por el lugar donde se le apareció, se imaginaba verla levantándole la mano, pero eso nunca sucedió, hasta una tarde, entre oscuro y claro, con las luces ya encendidas, cuando ya había pasado el ánima del gringo, una mujer vestida de negro con sombrero también negro se paró en medio de la carretera, levantando las manos, sosteniendo en una de ellas un pequeño paraguas violeta, lo obligó a frenar para no atropellarla. Manuel y su tío Rufino que esta vez iba despierto reconocieron en la mujer al fantasma de la dama viajera. Se estaban reponiendo del susto cuando un ruido muy fuerte los hizo voltear hacia arriba del cerro que bordeaba a la carretera y vieron como una inmensa piedra redondeada se deslizaba rumbo abajo como a diez metros adelante. La enorme roca le caería a la mujer parada ahí, pero cuando voltearon a mirarla, ya no la vieron, solo a la mole pétrea pasar a toda velocidad. Todo fue tan rápido. Asustados, no se quedaron a investigar qué había pasado, hasta la vuelta como al medio día. Ahí estaban las huellas de la piedra y ella misma estaba allá al otro lado de la quebrada.

—Esto es real —dijo Rufino.

—Es su forma de agradecerles —dijo el maestro Joaquín cuando lo buscaron para contarle lo sucedido.

Ahora sí, después de aquello, nunca más se ha escuchado de la dama viajera y eso que ahora por ahí pasan muchos más vehículos y a todas horas.

Fin

# Contenido

# Contactos

## Facebook

https://www.facebook.com/I.JuvenalRamirezG

## Blog

https://juvenalramirezgallo.blogspot.com/

Lima, 22 de marzo de 2023

Made in the USA
Monee, IL
21 October 2023